Totentanz und Mitternachtsgraus

Schauerballaden

Herausgegeben von
Christian Liedtke

| Hoffmann und Campe |

1. Auflage 2009

www.hoca.de
Einbandgestaltung: Katja Maasböl
Gesetzt aus der Weiss
Satz: Rafaela Nimmesgern, Hamburg
Druck und Bindung: GGP Media GmbH, Pößneck
Printed in Germany
ISBN 978-3-455-40209-4

HOFFMANN
UND CAMPE

Ein Unternehmen der
GANSKE VERLAGSGRUPPE

Inhalt

Gustav Falke

Was war es?

Um Mitternacht, der Regen fiel
Und schlug ans Fenster, tropf und tropf,
Und ohne Schlaf und schwer und schwül
Lag ich auf meinem heißen Pfühl
Und reckte mich
Und streckte mich
Und wälzte Welten um im Kopf.

Um Mitternacht, da kam es her.
Kling, sprang der Schlüssel, kling das Schloss.
Und übern Gang, durchs Zimmer nun,
Jetzt durch den Saal, auf plumpen Schuhn,
Da klappte es
Und tappte es,
Dass kalt mirs übern Rücken floss.

Um Mitternacht, da trat es ein,
Und ging ein Wehen vor ihm her,
Und näher kam es, nah, ganz nah,
Und schweißgebadet lag ich da
Und zitterte
Und witterte,
Dass nun mein letztes Stündlein wär.

Um Mitternacht, da fiel ein Wort,
Das klang so bang, das klang so tot.
Und war kein Licht, ein Dunkel nur,
Und schlug im Saal die alte Uhr,
Schlug ruck und ruck
Und zuck und zuck
Und schnurrte ab. Schwer fiel das Lot.

Um Mitternacht, und wie es kam,
Jetzt Zimmer, Saal, jetzt Korridor,
So ging es wieder. Schritt vor Schritt.
Und in Gedanken ging ich mit,
Klapp klapp, tapp tapp,
Die Trepp hinab,
Und unten knarrte leis das Tor.

Johann Wolfgang von Goethe

Der Totentanz

Der Türmer, der schaut zu Mitten der Nacht
Hinab auf die Gräber in Lage;
Der Mond, der hat alles ins Helle gebracht;
Der Kirchhof, er liegt wie am Tage.
Da regt sich ein Grab und ein anderes dann:
Sie kommen hervor, ein Weib da, ein Mann,
In weißen und schleppenden Hemden.

Das reckt nun, es will sich ergetzen sogleich,
Die Knöchel zur Runde, zum Kranze,
So arm und so jung und so alt und so reich;
Doch hindern die Schleppen am Tanze.
Und weil hier die Scham nun nicht weiter gebeut,
Sie schütteln sich alle, da liegen zerstreut
Die Hemdelein über den Hügeln.

Nun hebt sich der Schenkel, nun wackelt das Bein,
Gebärden da gibt es vertrackte;
Dann klippert's und klappert's mitunter hinein,
Als schlüg man die Hölzlein zum Takte.
Das kommt nun dem Türmer so lächerlich vor;
Da raunt ihm der Schalk, der Versucher, ins Ohr:
»Geh! hole dir einen der Laken.«

Getan wie gedacht! und er flüchtet sich schnell
Nun hinter geheiligte Türen.
Der Mond, und noch immer er scheinet so hell
Zum Tanz, den sie schauderlich führen.
Doch endlich verlieret sich dieser und der,
Schleicht eins nach dem andern gekleidet einher,
Und husch! ist es unter dem Rasen.

Nur einer, der trippelt und stolpert zuletzt
Und tappet und grapst an den Grüften;
Doch hat kein Geselle so schwer ihn verletzt;
Er wittert das Tuch in den Lüften.
Er rüttelt die Turmtür, sie schlägt ihn zurück,
Geziert und gesegnet, dem Türmer zum Glück,
Sie blinkt von metallenen Kreuzen.

Das Hemd muss er haben, da rastet er nicht,
Da gilt auch kein langes Besinnen,
Den gotischen Zierat ergreift nun der Wicht
Und klettert von Zinne zu Zinnen.
Nun ist's um den armen, den Türmer getan!
Es ruckt sich von Schnörkel zu Schnörkel hinan,
Langbeinigen Spinnen vergleichbar.

Der Türmer erbleichet, der Türmer erbebt,
Gern gäb er ihn wieder, den Laken.
Da häkelt – jetzt hat er am längsten gelebt –
Den Zipfel ein eiserner Zacken.

Schon trübet der Mond sich verschwindenden Scheins,
Die Glocke, sie donnert ein mächtiges Eins,
Und unten zerschellt das Gerippe.

Adelbert von Chamisso

Der Waldmann

Der Wandrer eilt das Tal hinauf,
Er steigert fast den Schritt zum Lauf,
Der Pfad ist steil, die Nacht bricht ein,
Die Sonne sinkt in blut'gem Schein,
Die Nebel ziehn um den Drachenstein.

Und wie er bald das Dorf erreicht,
Ein seltsam Bild vorüber schleicht,
Gespenstisch fast, unheimlicher Gast; –
Drückt ihn annoch des Lebens Last?
Gewährt das Grab ihm keine Rast?

»Ihr friedlichen Leute, was zaget ihr,
Und kreuziget euch, und zittert schier?« –
Ob mir das Haar zu Berge steigt,
Ich sag's dir an, wenn alles schweigt:
Es hat der Waldmann sich gezeigt.

»Der Waldmann?« – Ja. Du wirst nicht bleich,
Du bist hier fremd, ich dacht es gleich;
Ich bin ein achtzigjähr'ger Mann,

Und war ein Kind, als sich's entspann,
Ich bin's, der Kunde geben kann.

Die Drachenburg stand dazumal
Stolz funkelnd noch im Sonnenstrahl;
Da lebte der Graf in Herrlichkeit,
Bei ihm, bewundert weit und breit,
Das junge Fräulein Adelheid.

Der Schreiber Waldmann, höflicher Art,
Trübsinnig, blass und hochgelahrt,
Erfreute sich der Gunst des Herrn;
Er sah das Fräulein nur zu gern,
Und der Versucher blieb nicht fern.

Zu reden wie er, kein andrer verstund;
Er webte fein mit falschem Mund
Das Netz, womit er sie umschlang;
Er sprach von Lieb, er sprach von Rang,
Von freier Wahl und hartem Zwang;

Von Gott und Christo nebenbei,
Und Sündenhaftes allerlei;
So hat er sie bestürmt, geplagt,
Gequält, umgarnt, sei's Gott geklagt,
Bis sie ihm Liebe zugesagt.

Spät ward's dem Vater hinterbracht,
Sein Zorn, sein Mitleid sind erwacht;
Sein Kind Erbarmen bei ihm fand,
Der falsche Schreiber ward verbannt,
Bei Leibesstrafe von Burg und Land.

Schön Adelheid in Tränen zerfloss,
Der Waldmann aber irrt' um das Schloss;
Er kannt nicht Ruh, er wusst nicht Rat,
Er wütete, brütete früh und spat,
Und sann auf schauerliche Tat.

Er sandt ihr heimlich einen Brief,
Wovor es kalt sie überlief:
»Zusammen sterben!« hieß es darin,
»Getrennt zu leben, bringt keinen Gewinn,
Nach einem Dolchstoß steht mein Sinn.

Du schleichst zu Nacht aus des Schlosses Raum
Und stellst dich ein beim Kästenbaum;
Bestellt das Brautbett findest du,
Das Bett zur langen, langen Ruh,
Am Morgen deckt dein Vater uns zu.«

Und wie in schwerem Fiebertraum
Zog's sie zu Nacht nach dem Kästenbaum.
Ob da sie selbst den Tod begehrt,
Ob widerstrebt, ob sich gewehrt,
Die Nacht verbirgt's, kein Mensch es erfährt.

Der Tag, wie er in Osten ergraut,
Hat erst das blut'ge Werk geschaut:
Er hat in der Geliebten Brust,
Die Liebe nur atmet und süße Lust,
Den Dolchstoß sicher zu führen gewusst.

Wie aber sie sank in seinen Arm,
Ihr Blut verspritzte so rot und warm,
Da merkt' er erst, wie das Sterben tut,
Da ward er feig, da sank sein Mut,
Da dünkt' es ihn zu leben gut.

Er hat die Leiche hingestreckt,
Und ist entflohn, und hat sich versteckt.
Es ward das Schrecknis offenbar,
Wie kaum die Arme verblichen war;
Der Vater zerraufte sein greises Haar.

Er hat dem Mörder grausig geflucht:
Dem Tod zu entkommen, der drohend ihn sucht;
Er hat das Grab der Tochter bestellt,
Er hat sich bald zu derselben gesellt;
Sein Stamm verdorrt, die Burg zerfällt.

Der Waldmann dort bei den Gräbern haust,
Beim Kästenbaum, wann der Sturm erbraust,
Gespenstisch fast, unheimlicher Gast; –
Drückt ihn annoch des Lebens Last?
Gewährt das Grab ihm keine Rast?

Man weiß es nicht, doch wann er steigt
Hinab zu Tal, im Dorfe sich zeigt,
So folgt ihm Unheil auf dem Fuß;
Verderben bringt sein ferner Gruß,
Und wen er anhaucht, sterben muss.

Heinrich Heine

Ich kam von meiner Herrin Haus
Und wandelt in Wahnsinn und Mitternachtsgraus.
Und wie ich am Kirchhof vorübergehn will,
Da winken die Gräber ernst und still.

Da winkt's von des Spielmanns Leichenstein;
Da war der flimmernde Mondesschein.
Da lispelt's: »Lieb Bruder, ich komme gleich!«
Da steigt's aus dem Grabe nebelbleich.

Der Spielmann war's, der entstiegen jetzt,
Und hoch auf den Leichenstein sich setzt.
In die Saiten der Zither greift er schnell,
Und singt dabei recht hohl und grell:

»Ei! kennt ihr noch das alte Lied,
Das einst so wild die Brust durchglüht,
Ihr Saiten dumpf und trübe?
Die Engel, die nennen es Himmelsfreud',
Die Teufel, die nennen es Höllenleid,
Die Menschen, die nennen es: Liebe!«

Kaum tönte des letzten Wortes Schall,
Da taten sich auf die Gräber all;

Viel Luftgestalten dringen hervor,
Umschweben den Spielmann und schrillen im Chor:

»Liebe! Liebe! deine Macht
Hat uns hier zu Bett gebracht
Und die Augen zugemacht –
Ei, was rufst du in der Nacht?«

So heult es verworren, und ächzet und girrt,
Und brauset und sauset, und krächzet und klirrt;
Und der tolle Schwarm den Spielmann umschweift,
Und der Spielmann wild in die Saiten greift:

»Bravo! bravo! immer toll!
Seid willkommen!
Habt vernommen,
Dass mein Zauberwort erscholl!
Liegt man doch jahraus, jahrein,
Mäuschenstill im Kämmerlein;
Lasst uns heute lustig sein!
Mit Vergunst –
Seht erst zu, sind wir allein? –
Narren waren wir im Leben,
Und mit toller Wut ergeben
Einer tollen Liebesbrunst.
Kurzweil kann uns heut nicht fehlen,

Jeder soll hier treu erzählen,
Was ihn weiland hergebracht,

Wie gehetzt,
Wie zerfetzt
Ihn die tolle Liebesjagd.«

Da hüpft aus dem Kreise, so leicht wie der Wind,
Ein mageres Wesen, das summend beginnt:

»Ich war ein Schneidergeselle
Mit Nadel und mit Scher';
Ich war so flink und schnelle
Mit Nadel und mit Scher';
Da kam die Meisterstochter
Mit Nadel und mit Scher';
Und hat mir ins Herz gestochen
Mit Nadel und mit Scher'.«

Da lachten die Geister im lustigen Chor;
Ein Zweiter trat still und ernst hervor:

»Den Rinaldo Rinaldini,
Schinderhanno, Orlandini,
Und besonders Carlo Moor
Nahm ich mir als Muster vor.

Auch verliebt – mit Ehr' zu melden –
Hab ich mich, wie jene Helden,
Und das schönste Frauenbild
Spukte mir im Kopfe wild.

Und ich seufzte auch und girrte;
Und wenn Liebe mich verwirrte,
Steckt ich meine Finger rasch
In des Herren Nachbars Tasch'.

Doch der Gassenvogt mir grollte,
Dass ich Sehnsuchtstränen wollte
Trocknen mit dem Taschentuch,
Das mein Nachbar bei sich trug.

Und nach frommer Häschersitte
Nahm man still mich in die Mitte,
Und das Zuchthaus, heilig groß,
Schloss mir auf den Mutterschoß.

Schwelgend süß in Liebessinnen,
Saß ich dort beim Wollespinnen,
Bis Rinaldos Schatten kam
Und die Seele mit sich nahm.«

Da lachten die Geister im lustigen Chor;
Geschminkt und geputzt trat ein Dritter hervor:

»Ich war ein König der Bretter
Und spielte das Liebhaberfach,
Ich brüllte manch wildes: Ihr Götter!
Ich seufzte manch zärtliches: Ach!
Den Mortimer spielt ich am besten,
Maria war immer so schön!

Doch trotz der natürlichsten Gesten,
Sie wollte mich nimmer verstehn. –

Einst, als ich verzweifelnd am Ende:
›Maria, du Heilige!‹ rief,
Da nahm ich den Dolch behende –
Und stach mich ein bisschen zu tief.«

Da lachten die Geister im lustigen Chor;
Im weißen Flausch trat ein Vierter hervor:

»Vom Katheder schwatzte herab der Professor.
Er schwatzte, und ich schlief gut dabei ein;
Doch hätt mir's behagt noch tausendmal besser
Bei seinem holdseligen Töchterlein.

Sie hatt mir oft zärtlich am Fenster genicket,
Die Blume der Blumen, mein Lebenslicht!
Doch die Blume der Blumen ward endlich gepflücket
Vom dürren Philister, dem reichen Wicht.

Da flucht ich den Weibern und reichen Halunken,
Und mischte mir Teufelskraut in den Wein,
Und hab mit dem Tode Smollis getrunken –
Der sprach: ›Fiduzit, ich heiße Freund Hein!‹«

Da lachten die Geister im lustigen Chor;
Einen Strick um den Hals, trat ein Fünfter hervor:

»Es prunkte und prahlte der Graf beim Wein
Mit dem Töchterchen sein und dem Edelgestein.
Was schert mich, du Gräflein, dein Edelgestein?
Mir mundet weit besser dein Töchterlein.

Sie lagen wohl beid' unter Riegel und Schloss,
Und der Graf besold'te viel Dienertross.
Was scheren mich Diener und Riegel und Schloss? –
Ich stieg getrost auf die Leiterspross'.

An Liebchens Fensterlein klettr' ich getrost.
Da hör ich es unten fluchen erbost:
›Fein sachte, mein Bübchen, muss auch dabei sein,
Ich liebe ja auch das Edelgestein.‹
So spöttelt der Graf und erfasst mich gar,
Und jauchzend umringt mich die Dienerschar.
›Zum Teufel, Gesindel! ich bin ja kein Dieb;
Ich wollte nur stehlen mein trautes Lieb!‹

Da half kein Gerede, da half kein Rat,
Da machte man hurtig die Stricke parat;
Wie die Sonne kam, da wundert' sie sich,
Am hellen Galgen fand sie mich.«

Da lachten die Geister im lustigen Chor;
Den Kopf in der Hand, trat ein Sechster hervor:

»Zum Waidwerk trieb mich Liebesharm;
Ich schlich umher, die Büchs' im Arm.

Da schnarret's hohl vom Baum herab,
Der Rabe rief: ›Kopf – ab! Kopf – ab!‹

Oh, spürt' ich doch ein Täubchen aus,
Ich brächt es meinem Lieb nach Haus!
So dacht ich, und in Busch und Strauch
Späht ringsumher mein Jägeraug'.

Was koset dort? was schnäbelt fein?
Zwei Turteltäubchen mögen's sein.
Ich schleich herbei – den Hahn gespannt –
Sieh da! mein eignes Lieb ich fand.

Das war mein Täubchen, meine Braut,
Ein fremder Mann umarmt sie traut –
Nun, alter Schütze, treffe gut!
Da lag der fremde Mann im Blut.

Bald drauf ein Zug mit Henkersfron –
Ich selbst dabei als Hauptperson –
Den Wald durchzog. Vom Baum herab
Der Rabe rief: ›Kopf – ab! Kopf – ab!‹«

Da lachten die Geister im lustigen Chor;
Da trat der Spielmann selber hervor:

»Ich hab mal ein Liedchen gesungen,
Das schöne Lied ist aus;

Wenn das Herz im Leibe zersprungen,
Dann gehen die Lieder nach Haus!«

Und das tolle Gelächter sich doppelt erhebt,
Und die bleiche Schar im Kreise schwebt.
Da scholl vom Kirchturm »Eins« herab,
Da stürzten die Geister sich heulend ins Grab.

Moritz von Strachwitz

Das Geisterschiff

Die Nacht liegt wüst auf der Meereshöh',
Der Sturm pfeift grimm und grell,
Du Nordsturm auf der Nordlandsee,
Sei mit gegrüßt, Gesell'!

Eine Geisternacht, eine Schauerstund',
Eine Nacht für Nix' und Elf'.
Das Fahrzeug stöhnt wie todeswund,
Der Steuermann ächzt: »Gott helf'!«

Ich lehne mich über das Taffarell,
Die Flut umspritzt mein Haupt:
»Nun sage mir, mein Schiffsgesell',
Was kommt so wild geschnaubt?«

»Ein Riesenschiff, wie Bergeslast,
Die Flut durchbraust es dumpf,
Die Segel schwarz und schwarz der Mast
Und schwarz ist Spier' und Rumpf.«

»Wie rennt es vor dem Sturme schmuck,
So schwarz und groß und schwer,

Mit ungeheurem Segeldruck,
So schießt es übers Meer!«

Dem Steuermann bebt die Hand am Griff,
Es schlottert sein Gebein:
»Das ist ein Wikings-Geisterschiff,
Gott mag uns gnädig sein!«

– »Wenn der Nordwind kommt aus kaltem Pol,
Ihn treibt's nach Südens Luft,
Da dringt sein scharfer Atem wohl
In manche Hünengruft.

Wenn der Nordwind schüttelt den Distelstrauch
Und kühlt der Toten Brust,
Da weckt sein wohlbekannter Hauch
Die alte, gewaltige Lust.«

»Die wilde Lust nach der wilden See,
Nach Wikingsfahrt und Streit,
Nach Wikingslust und Wikingsweh
Und Südlands Herrlichkeit.«

»Um Mitternacht am Meeresstrand,
Da schreiten viel Helden stark,
Aus Schweden und aus Gotenland,
Aus Norweg und Dänemark.«

»Und wo sie's versenkt mit eig'ner Hand,
Tief zwischen Bucht und Riff,
Da ziehn sie aus dem Meeressand
Ihr schwarz besegelt' Schiff.«

»Wenn der Schiffer betend kappt den Mast,
Den der Nordsturm krachend bog,
Dann fahren mit voller Segellast
Die Geister durchs Gewog.« –

Vorüber kam es wild und groß,
Kein Schiffer war darin,
Wir lehnten am Steuer regungslos,
Es schwand und war dahin.

Dahin, dahin, der Frühwind pfiff,
Mein Herz ist wandermüd',
Mein Herz, es wird zum Wikingschiff
Und segelt frisch nach Süd.

Setz' Segel an, mein tapfres Herz,
So viel du tragen kannst,
Und bringe mir fliegend nordenwärts
Den Kuss, den du gewannst!

Theodor Fontane

Die zwei Raben

Ich ging übers Heidemoor allein,
Da hört' ich zwei Raben kreischen und schrein;
Der eine rief dem andern zu:
»Wo machen wir Mittag, ich und du?«

»Im Walde drüben liegt unbewacht
Ein erschlagener Ritter seit heute Nacht,
Und niemand sah ihn im Waldesgrund
Als sein Lieb und sein Falke und sein Hund.

Sein Hund auf neuer Fährte geht,
Sein Falk' auf frische Beute späht,
Sein Lieb ist mit ihrem Buhlen fort –
Wir können speisen in Ruhe dort.

Du setzest auf seinen Nacken dich,
Seine blauen Augen, die sind für mich,
Eine goldene Locke aus seinem Haar
Soll wärmen das Nest uns nächstes Jahr.

Manch einer wird sprechen: ich hatt' ihn lieb!
Doch keiner wird wissen, wo er blieb,
Und hingehn über sein bleich Gebein
Wird Wind und Regen und Sonnenschein.«

Eduard Mörike

Die Geister am Mummelsee

Vom Berge was kommt dort um Mitternacht spät
Mit Fackeln so prächtig herunter?
Ob das wohl zum Tanze, zum Feste noch geht?
Mir klingen die Lieder so munter.
O nein!
So sage, was mag es wohl sein?

Das, was du da siehest, ist Totengeleit,
Und was du da hörest, sind Klagen.
Dem König, dem Zauberer, gilt es zu Leid,
Sie bringen ihn wieder getragen.
O weh!
So sind es die Geister vom See!

Sie schweben herunter ins Mummelseetal –
Sie haben den See schon betreten –
Sie rühren und netzen den Fuß nicht einmal –
Sie schwirren in leisen Gebeten –
O schau,
Am Sarge die glänzende Frau!

Jetzt öffnet der See das grünspiegelnde Tor;
Gib acht, nun tauchen sie nieder!

Es schwankt eine lebende Treppe hervor,
Und – drunten schon summen die Lieder.
    Hörst du?
Sie singen ihn unten zur Ruh.

Die Wasser, wie lieblich sie brennen und glühn!
Sie spielen in grünendem Feuer;
Es geisten die Nebel am Ufer dahin,
Zum Meere verzieht sich der Weiher –
    Nur still!
Ob dort sich nichts rühren will?

Es zuckt in der Mitten – o Himmel! ach hilf!
Nun kommen sie wieder, sie kommen!
Es orgelt im Rohr und es klirret im Schilf;
Nur hurtig, die Flucht nur genommen!
    Davon!
Sie wittern, sie haschen mich schon!

Gottfried August Bürger

Lenore

Lenore fuhr um's Morgenrot
Empor aus schweren Träumen:
»Bist untreu, Wilhelm, oder tot?
Wie lange willst du säumen?« –
Er war mit König Friedrichs Macht
Gezogen in die Prager Schlacht,
Und hatte nicht geschrieben,
Ob er gesund geblieben.

Der König und die Kaiserin,
Des langen Haders müde,
Erweichten ihren harten Sinn,
Und machten endlich Friede;
Und jedes Heer, mit Sing und Sang,
Mit Paukenschlag und Kling und Klang,
Geschmückt mit grünen Reisern,
Zog heim zu seinen Häusern.

Und überall, allüberall,
Auf Wegen und auf Stegen,
Zog Alt und Jung dem Jubelschall
Der Kommenden entgegen.

»Gottlob!« rief Kind und Gattin laut,
»Willkommen!« manche frohe Braut.
Ach! aber für Lenoren
War Gruß und Kuss verloren.

Sie frug den Zug wohl auf und ab,
Und frug nach allen Namen;
Doch keiner war, der Kundschaft gab,
Von allen, so da kamen.
Als nun das Heer vorüber war,
Zerraufte sie ihr Rabenhaar,
Und warf sich hin zur Erde,
Mit wütiger Gebärde.

Die Mutter lief wohl hin zu ihr: –
»Ach, dass sich Gott erbarme!
Du trautes Kind, was ist mit dir?« –
Und schloss sie in die Arme. –
»O Mutter, Mutter! hin ist hin!
Nun fahre Welt und alles hin!
Bei Gott ist kein Erbarmen.
O weh, o weh mir Armen!« –

»Hilf Gott, hilf! Sieh uns gnädig an!
Kind, bet' ein Vaterunser!
Was Gott tut, das ist wohlgetan.
Gott, Gott erbarmt sich unser!« –
»O Mutter, Mutter! Eitler Wahn!
Gott hat an mir nicht wohlgetan!

Was half, was half mein Beten?
Nun ist's nicht mehr vonnöten.« –

»Hilf Gott, hilf! wer den Vater kennt,
Der weiß, er hilft den Kindern.
Das hochgelobte Sakrament
Wird deinen Jammer lindern.« –
»O Mutter, Mutter! was mich brennt,
Das lindert mir kein Sakrament!
Kein Sakrament mag Leben
Den Toten wiedergeben.« –

»Hör, Kind! wie, wenn der falsche Mann,
Im fernen Ungerlande,
Sich seines Glaubens abgetan,
Zum neuen Ehebande?
Lass fahren Kind, sein Herz dahin!
Er hat es nimmermehr Gewinn!
Wann Seel' und Leib sich trennen,
Wird ihn sein Meineid brennen.« –

»O Mutter, Mutter! Hin ist hin!
Verloren ist verloren!
Der Tod, der Tod ist mein Gewinn!
O wär' ich nie geboren!
Lisch aus, mein Licht, auf ewig aus!
Stirb hin, stirb hin in Nacht und Graus!
Bei Gott ist kein Erbarmen.
O weh, o weh mir Armen!« –

»Hilf Gott, hilf! Geh nicht ins Gericht
Mit deinem armen Kinde!
Sie weiß nicht, was die Zunge spricht.
Behalt ihr nicht die Sünde!
Ach, Kind, vergiss dein irdisch Leid,
Und denk an Gott und Seligkeit!
So wird doch deiner Seelen
Der Bräutigam nicht fehlen.« –

»O Mutter! Was ist Seligkeit?
O Mutter! Was ist Hölle?
Bei ihm, bei ihm ist Seligkeit,
Und ohne Wilhelm Hölle! –
Lisch aus, mein Licht, auf ewig aus!
Stirb hin, stirb hin in Nacht und Graus!
Ohn' ihn mag ich auf Erden,
Mag dort nicht selig werden.« – –

So wütete Verzweifelung
Ihr in Gehirn und Adern.
Sie fuhr mit Gottes Vorsehung
Vermessen fort zu hadern;
Zerschlug den Busen und zerrang
Die Hand bis Sonnenuntergang,
Bis auf am Himmelsbogen
Die goldnen Sterne zogen.

Und außen, horch! ging's trapp trapp trapp,
Als wie von Rosseshufen;
Und klirrend stieg ein Reiter ab,
An des Geländers Stufen;
Und horch! und horch! den Pfortenring
Ganz lose, leise, klinglingling!
Dann kamen durch die Pforte
Vernehmlich diese Worte:

»Holla, Holla! Tu auf mein Kind!
Schläfst, Liebchen, oder wachst du?
Wie bist noch gegen mich gesinnt?
Und weinest oder lachst du?« –
»Ach, Wilhelm, du? – – So spät bei Nacht? – –
Geweinet hab' ich und gewacht;
Ach, großes Leid erlitten!
Wo kommst du hergeritten?« –

»Wir satteln nur um Mitternacht.
Weit ritt ich her von Böhmen.
Ich habe spät mich aufgemacht,
Und will dich mit mir nehmen.« –
»Ach, Wilhelm, erst herein geschwind!
Den Hagedorn durchsaust der Wind,
Herein, in meinen Armen,
Herzliebster, zu erwarmen!« –

»Lass sausen durch den Hagedorn,
Lass sausen, Kind, lass sausen!

Der Rappe scharrt; es klirrt der Sporn.
Ich darf allhier nicht hausen.
Komm, schürze, spring' und schwinge dich
Auf meinen Rappen hinter mich!
Muss heut noch hundert Meilen
Mit dir in's Brautbett' eilen.« –

»Ach! wolltest hundert Meilen noch
Mich heut in's Brautbett' tragen?
Und horch! es brummt die Glocke noch,
Die elf schon angeschlagen.« –
»Sieh hin, sieh her! der Mond scheint hell.
Wir und die Toten reiten schnell.
Ich bringe dich, zur Wette,
Noch heut ins Hochzeitbette.« –

»Sag an, wo ist dein Kämmerlein?
Wo? Wie dein Hochzeitbettchen?« –
»Weit, weit von hier! – – Still, kühl und klein! – –
Sechs Bretter und zwei Brettchen!« –
»Hat's Raum für mich?« – »Für dich und mich!
Komm, schürze, spring' und schwinge dich!
Die Hochzeitgäste hoffen;
Die Kammer steht uns offen.« –

Schön Liebchen schürzte, sprang und schwang
Sich auf das Ross behende;
Wohl um den trauten Reiter schlang
Sie ihre Lilienhände;

Und hurre hurre, hopp hopp hopp!
Ging's fort in sausendem Galopp,
Dass Ross und Reiter schnoben,
Und Kies und Funken stoben.

Zur rechten und zur linken Hand,
Vorbei vor ihren Blicken,
Wie flogen Anger, Heid' und Land!
Wie donnerten die Brücken! –
»Graut Liebchen auch? – – Der Mond scheint hell!
Hurra! die Toten reiten schnell!
Graut Liebchen auch vor Toten?« –
»Ach nein! – – Doch lass die Toten!« –

Was klang dort für Gesang und Klang?
Was flatterten die Raben? – –
Horch, Glockenklang! Horch, Totensang:
»Lasst uns den Leib begraben!«
Und näher zog ein Leichenzug,
Der Sarg und Totenbahre trug.
Das Lied war zu vergleichen
Dem Unkenruf in Teichen.

»Nach Mitternacht begrabt den Leib,
Mit Klang und Sang und Klage!
Jetzt führ' ich heim mein junges Weib.
Mit, mit zum Brautgelage!
Komm, Küster, hier! Komm mit dem Chor,
Und gurgle mir das Brautlied vor!

Komm, Pfaff', und sprich den Segen,
Eh wir zu Bett' uns legen!« –

Still Klang und Sang. – – Die Bahre schwand. – –
Gehorsam seinem Rufen,
Kam's, hurre hurre! nachgerannt,
Hart hinter's Rappen Hufen.
Und immer weiter, hopp hopp hopp!
Ging's fort in sausendem Galopp,
Dass Ross und Reiter schnoben,
Und Kies und Funken stoben.

Wie flogen rechts, wie flogen links,
Gebirge, Bäum' und Hecken!
Wie flogen links und rechts und links
Die Dörfer, Städt' und Flecken! –
»Graut Liebchen auch? – – Der Mond scheint hell!
Hurra! die Toten reiten schnell!
Graut Liebchen auch vor Toten?« –
»Ach! Lass sie ruhn, die Toten!« –

Sieh da! sieh da! Am Hochgericht
Tanzt um des Rades Spindel
Halb sichtbarlich bei Mondenlicht,
Ein lustiges Gesindel. –
»Sasa! Gesindel, hier! Komm hier!
Gesindel, komm und folge mir!
Tanz uns den Hochzeitreigen,
Wann wir zu Bette steigen!« –

Und das Gesindel husch husch husch!
Kam hinten nachgeprasselt,
Wie Wirbelwind am Haselbusch
Durch dürre Blätter rasselt.
Und weiter, weiter, hopp hopp hopp!
Ging's fort in sausendem Galopp,
Dass Ross und Reiter schnoben
Und Kies und Funken stoben.

Wie flog, was rund der Mond beschien,
Wie flog es in die Ferne!
Wie flogen oben über hin
Der Himmel und die Sterne! –
»Graut Liebchen auch? – – Der Mond scheint hell!
Hurra! die Toten reiten schnell!
Graut Liebchen auch vor Toten?« –
»O weh! Lass ruhn die Toten!« – – –

»Rapp'! Rapp'! Mich dünkt der Hahn schon ruft. – –
Bald wird der Sand verrinnen – –
Rapp'! Rapp'! Ich wittre Morgenluft – –
Rapp'! Tummle dich von hinnen! –
Vollbracht, vollbracht ist unser Lauf!
Das Hochzeitbette tut sich auf!
Die Toten reiten schnelle!
Wir sind, wir sind zur Stelle.« – – –

Rasch auf ein eisern Gittertor
Ging's mit verhängtem Zügel.

Mit schwanker Gert' ein Schlag davor
Zersprengte Schloss und Riegel.
Die Flügel flogen klirrend auf,
Und über Gräber ging der Lauf.
Es blinkten Leichensteine
Rundum im Mondenscheine.

Ha sieh! Ha sieh! im Augenblick,
Huhu! ein grässlich Wunder!
Des Reiters Koller, Stück für Stück,
Fiel ab, wie mürber Zunder.
Zum Schädel, ohne Zopf und Schopf,
Zum nackten Schädel ward sein Kopf,
Sein Körper zum Gerippe
Mit Stundenglas und Hippe.

Hoch bäumte sich, wild schnob der Rapp',
Und sprühte Feuerfunken;
Und hui! war's unter ihr hinab
Verschwunden und versunken.
Geheul! Geheul aus hoher Luft,
Gewinsel kam aus tiefer Gruft.
Lenorens Herz mit Beben
Rang zwischen Tod und Leben.

Nun tanzten wohl bei Mondenglanz,
Rundum herum im Kreise,
Die Geister einen Kettentanz,
Und heulten diese Weise:

»Geduld! Geduld! Wenn's Herz auch bricht!
Mit Gott im Himmel hadre nicht!
Des Leibes bist du ledig;
Gott sei der Seele gnädig!«

Wilhelm Busch

Verwunschen

Geld gehört zum Ehestande,
Hässlichkeit ist keine Schande,
Liebe ist beinah absurd.
Drum, du nimmst den Junker Jochen
Innerhalb der nächsten Wochen.
Also sprach der Ritter Kurt.

Vater, flehte Kunigunde,
Schone meine Herzenswunde,
Ganz umsonst ist dein Bemühn.
Ja, ich schwör's bei Erd und Himmel,
Niemals nehm ich diesen Lümmel,
Ewig, ewig hass' ich ihn.

Nun, wenn Worte nicht mehr nützen,
Dann so bleibe ewig sitzen,
Marsch mit dir ins Burgverlies.
Zornig sagte dies der Alte,
Als er in die feuchte, kalte
Kammer sie hinunterstieß.

Jahre kamen, Jahre schwanden,
Nichts im Schlosse blieb vorhanden

Außer Kunigundens Geist.
Dort, wo graue Ratten rasseln,
Sitzt sie zwischen Kellerasseln,
Von dem Feuermolch umkreist.

Heut noch ist es nicht geheuer
In dem alten Burggemäuer
Um die Mitternacht herum.
Wehe, ruft ein weißes Wesen,
Will denn niemand mich erlösen?
Doch die Wände bleiben stumm.

Hermann Lingg

Der schwarze Tod

Erzittre Welt, ich bin die Pest,
Ich komm' in alle Lande
Und richte mir ein großes Fest;
Mein Blick ist Fieber, feuerfest
Und schwarz ist mein Gewande.

Ich komme von Ägyptenland
In roten Nebelschleiern,
Am Nilusstrand im gelben Sand
Entsog ich Gift dem Wüstenbrand
Und Gift aus Dracheneiern.

Talein und -aus, bergauf und -ab,
Ich mäh' zur öden Heide
Die Welt mit meinem Wanderstab,
Ich setz' vor jedes Haus ein Grab
Und eine Trauerweide.

Ich bin der große Völkertod,
Ich bin das große Sterben.
Es geht vor mir die Wassernot,
Ich bringe mit das teure Brot,
Den Krieg tu' ich beerben.

Es hilft euch nichts, wie weit ihr floh't,
Ich bin ein schneller Schreiter,
Ich bin der schnelle schwarze Tod,
Ich überhol' das schnellste Boot
Und auch den schnellsten Reiter.

Dem Kaufmann trägt man mich ins Haus
Zugleich mit seiner Ware;
Er freut sich hoch, er lacht beim Schmaus,
Ich steig' aus seinem Schatz heraus
Und streck' ihn auf die Bahre.

Mir ist auf hohem Felsvorsprung
Kein Schloss zu hoch, ich komme;
Mir ist kein junges Blut zu jung,
Kein Leib ist mir gesund genung,
Mir ist kein Herz zu fromme.

Wem ich nur schau' ins Aug' hinein,
Der mag kein Licht mehr sehen;
Wem ich gesegnet Brot und Wein,
Den hungert nur nach Staub allein,
Den durstet's, heimzugehen.

Im Osten starb der große Chan,
Auf Indiens Zimmetinseln
Starb Negerfürst und Muselmann,
Man hört auch nachts in Isfahan
Beim Aas die Hunde winseln.

Byzanz war eine schöne Stadt,
Und blühend lag Venedig;
Nun liegt das Volk wie welkes Blatt,
Und wer das Laub zu sammeln hat,
Wird auch der Mühe ledig.

An Nordlands letztem Felsenriff
In einen kleinen Hafen
Warf ich ein ausgestorbnes Schiff,
Und alles, was mein Hauch ergriff,
Das musste schlafen, schlafen.

Sie liegen in der Stadt umher:
Ob Tag' und Monde schwinden,
Es zählt kein Mensch die Stunden mehr –
Nach Jahren wird man öd' und leer
Die Stadt der Toten finden.

Friedrich von Matthisson

Der Geistertanz

Die bretterne Kammer
Der Toten erbebt,
Wenn zwölfmal den Hammer
Die Mitternacht hebt.

Rasch tanzen um Gräber
Und morsches Gebein
Wir luftigen Schweber
Den sausenden Reih'n.

Was winseln die Hunde
Beim schlafenden Herrn?
Sie wittern die Runde
Der Geister von fern.

Die Raben entflattern
Der wüsten Abtei,
Und flieh'n an den Gattern
Des Kirchhofs vorbei.

Wir gaukeln und scherzen
Hinab und empor

Gleich irrenden Kerzen
Im dunstigen Moor.

O Herz, dessen Zauber
Zur Marter uns ward,
Du ruhst nun in tauber
Verdumpfung erstarrt;

Tief bargst du im düstern
Gemach unser Weh;
Wir Glücklichen flüstern
Dir fröhlich: Ade!

Friedrich Schiller

Der Taucher

»Wer wagt es, Rittersmann oder Knapp,
Zu tauchen in diesen Schlund?
Einen goldnen Becher werf ich hinab,
Verschlungen schon hat ihn der schwarze Mund.
Wer mir den Becher kann wieder zeigen,
Er mag ihn behalten, er ist sein eigen.«

Der König spricht es und wirft von der Höh
Der Klippe, die schroff und steil
Hinaushängt in die unendliche See,
Den Becher in der Charybde Geheul.
»Wer ist der Beherzte, ich frage wieder,
Zu tauchen in diese Tiefe nieder?«

Und die Ritter, die Knappen um ihn her
Vernehmens und schweigen still,
Sehen hinab in das wilde Meer,
Und keiner den Becher gewinnen will.
Und der König zum drittenmal wieder fraget:
»Ist keiner, der sich hinunterwaget?«

Doch alles noch stumm bleibt wie zuvor,
Und ein Edelknecht, sanft und keck,

Tritt aus der Knappen zagendem Chor,
Und den Gürtel wirft er, den Mantel weg,
Und alle die Männer umher und Frauen
Auf den herrlichen Jüngling verwundert schauen.

Und wie er tritt an des Felsen Hang
Und blickt in den Schlund hinab,
Die Wasser, die sie hinunterschlang,
Die Charybde jetzt brüllend wiedergab,
Und wie mit des fernen Donners Getose
Entstürzen sie schäumend dem finstern Schoße.

Und es wallet und siedet und brauset und zischt,
Wie wenn Wasser mit Feuer sich mengt,
Bis zum Himmel spritzet der dampfende Gischt,
Und Flut auf Flut sich ohn Ende drängt,
Und will sich nimmer erschöpfen und leeren,
Als wollte das Meer noch ein Meer gebären.

Doch endlich, da legt sich die wilde Gewalt,
Und schwarz aus dem weißen Schaum
Klafft hinunter ein gähnender Spalt,
Grundlos, als gings in den Höllenraum,
Und reißend sieht man die brandenden Wogen
Hinab in den strudelnden Trichter gezogen.

Jetzt schnell, eh die Brandung wiederkehrt,
Der Jüngling sich Gott befiehlt,

Und – ein Schrei des Entsetzens wird rings gehört,
Und schon hat ihn der Wirbel hinweggespült,
Und geheimnisvoll über dem kühnen Schwimmer
Schließt sich der Rachen, er zeigt sich nimmer.

Und stille wirds über dem Wasserschlund,
In der Tiefe nur brauset es hohl,
Und bebend hört man von Mund zu Mund:
»Hochherziger Jüngling, fahre wohl!«
Und hohler und hohler hört mans heulen,
Und es harrt noch mit bangem, mit schrecklichem Weilen.

Und wärfst du die Krone selber hinein
Und sprächst: Wer mir bringet die Kron,
Er soll sie tragen und König sein,
Mich gelüstete nicht nach dem teuren Lohn.
Was die heulende Tiefe da unten verhehle,
Das erzählt keine lebende glückliche Seele.

Wohl manches Fahrzeug, vom Strudel gefasst,
Schoss gäh in die Tiefe hinab,
Doch zerschmettert nur rangen sich Kiel und Mast
Hervor aus dem alles verschlingenden Grab. –
Und heller und heller wie Sturmes Sausen
Hört mans näher und immer näher brausen.

Und es wallet und siedet und brauset und zischt,
Wie wenn Wasser mit Feuer sich mengt,
Bis zum Himmel spritzet der dampfende Gischt,

Und Well auf Well sich ohn Ende drängt,
Und wie mit des fernen Donners Getose
Entstürzt es brüllend dem finstern Schoße.

Und sieh! aus dem finster flutenden Schoß
Da hebet sichs schwanenweiß,
Und ein Arm und ein glänzender Nacken wird bloß,
Und es rudert mit Kraft und mit emsigem Fleiß,
Und er ists, und hoch in seiner Linken
Schwingt er den Becher mit freudigem Winken.

Und atmete lang und atmete tief
Und begrüßte das himmlische Licht.
Mit Frohlocken es einer dem andern rief:
»Er lebt! Er ist da! Es behielt ihn nicht.
Aus dem Grab, aus der strudelnden Wasserhöhle
Hat der Brave gerettet die lebende Seele.«

Und er kommt, es umringt ihn die jubelnde Schar,
Zu des Königs Füßen er sinkt,
Den Becher reicht er ihm kniend dar,
Und der König der lieblichen Tochter winkt,
Die füllt ihn mit funkelndem Wein bis zum Rande,
Und der Jüngling sich also zum König wandte:

»Lang lebe der König! Es freue sich,
Wer da atmet im rosigten Licht!
Da unten aber ists fürchterlich,
Und der Mensch versuche die Götter nicht

Und begehre nimmer und nimmer zu schauen,
Was sie gnädig bedecken mit Nacht und Grauen.

Es riss mich hinunter blitzesschnell,
Da stürzt' mir aus felsigem Schacht
Wildflutend entgegen ein reißender Quell,
Mich packte des Doppelstroms wütende Macht,
Und wie einen Kreisel mit schwindelndem Drehen
Trieb michs um, ich konnte nicht widerstehen.

Da zeigte mir Gott, zu dem ich rief
In der höchsten schrecklichen Not,
Aus der Tiefe ragend ein Felsenriff,
Das erfasst' ich behend und entrann dem Tod,
Und da hing auch der Becher an spitzen Korallen,
Sonst wär er ins Bodenlose gefallen.

Denn unter mir lags noch, bergetief,
In purpurner Finsternis da,
Und obs hier dem Ohre gleich ewig schlief,
Das Auge mit Schaudern hinuntersah,
Wie's von Salamandern und Molchen und Drachen
Sich regt' in dem furchtbaren Höllenrachen.

Schwarz wimmelten da, in grausem Gemisch,
Zu scheußlichen Klumpen geballt,
Der stachligte Roche, der Klippenfisch,
Des Hammers greuliche Ungestalt,

Und dräuend wies mir die grimmigen Zähne
Der entsetzliche Hai, des Meeres Hyäne.

Und da hing ich und wars mir mit Grausen bewusst,
Von der menschlichen Hülfe so weit,
Unter Larven die einzige fühlende Brust,
Allein in der grässlichen Einsamkeit,
Tief unter dem Schall der menschlichen Rede
Bei den Ungeheuern der traurigen Öde.

Und schaudernd dacht ichs, da krochs heran,
Regte hundert Gelenke zugleich,
Will schnappen nach mir; in des Schreckens Wahn
Lass ich los der Koralle umklammerten Zweig,
Gleich fasst mich der Strudel mit rasendem Toben,
Doch es war mir zum Heil, er riss mich nach oben.«

Der König darob sich verwundert schier
Und spricht: »Der Becher ist dein,
Und diesen Ring noch bestimm ich dir,
Geschmückt mit dem köstlichsten Edelgestein,
Versuchst dus noch einmal und bringst mir Kunde,
Was du sahst auf des Meeres tiefunterstem Grunde.«

Das hörte die Tochter mit weichem Gefühl,
Und mit schmeichelndem Munde sie fleht:
»Lasst, Vater, genug sein das grausame Spiel,
Er hat Euch bestanden, was keiner besteht,

Und könnt Ihr des Herzens Gelüsten nicht zähmen,
So mögen die Ritter den Knappen beschämen.«

Drauf der König greift nach dem Becher schnell,
In den Strudel ihn schleudert hinein:
»Und schaffst du den Becher mir wieder zur Stell,
So sollst du der trefflichste Ritter mir sein
Und sollst sie als Ehgemahl heut noch umarmen,
Die jetzt für dich bittet mit zartem Erbarmen.«

Da ergreifts ihm die Seele mit Himmelsgewalt,
Und es blitzt aus den Augen ihm kühn,
Und er siehet erröten die schöne Gestalt
Und sieht sie erbleichen und sinken hin,
Da treibts ihn, den köstlichen Preis zu erwerben,
Und stürzt hinunter auf Leben und Sterben.

Wohl hört man die Brandung, wohl kehrt sie zurück,
Sie verkündigt der donnernde Schall,
Da bückt sichs hinunter mit liebendem Blick,
Es kommen, es kommen die Wasser all,
Sie rauschen herauf, sie rauschen nieder,
Den Jüngling bringt keines wieder.

Ferdinand Freiligrath

Die Toten im Meere

Tief unter grüner Meereswell',
Auf Muschelkalk und Kies,
Da schlummert mancher Schiffsgesell,
Der frisch vom Lande stieß.

Die See riss sein gebrechlich Boot
Hinab auf ihren Grund;
Im Sturme fand er frühen Tod,
Und war doch so gesund.

Tief unter grüner Meereswog',
Auf Kies und Muschelbank,
Da schlummert mancher andre noch,
Der nicht im Sturm ertrank.

Er ward in enger Koje kalt,
Kam nie zurück zum Port.
Man hat ihn auf ein Brett geschnallt
Und warf ihn über Bord.

Ein großes Grab ist Meeres Grund,
Ein Kirchhof Meeres Spiegel;

Die Wellen schwellend all und rund,
Das sind die Grabeshügel.

O, könnte man dort unten sein,
Wär' Meeresflut verronnen:
Man säh' der Schiffer lange Reihn,
Säh von Polypen ihr Gebein,
Das bleiche, rot umsponnen.

Man säh' ihr Kissen: weiches Moos,
Und Sand und Meereslinsen;
Man säh', wie sie mit Zähnen bloß
Ins Fischgewimmel grinsen.

Man säh', wie ihren Knochenarm
Der Sägefisch poliert;
Wie sich der Meeresfrauen Schwarm
Mit seltnen Gaben ziert.

Die eine salbt, die andre flicht
Ihr Haar, das lang begaffte,
Und schminkt ihr beinern Angesicht
Mit Purpurschneckensafte.

Die eine singt ein traurig Lied,
Die kommt mit Muschelschnüren.
Man säh' die tote Schar umglüht
Von wunderbaren Zieren;

Säh' Hand und Knöchel schön umglänzt
Von gelben Bernsteinschnallen;
Der nackte Schädel wär' bekränzt
Mit krönenden Korallen.

Und teure Perlen, rein und weiß,
Das wären ihre Augen.
Man säh' der Tiefe bunt Geschmeiß
Ihr Beinmark gierig saugen.

Man sähe jeden schlanken Mast,
Den einst die Flut getragen,
Den jetzt ein Meeresfels umfasst,
Einen Toten überragen;

Säh' ihn, benagt von Fisch und Wurm,
Gewurzelt fest im Torfe:
Der Schläfer meint, es sei der Turm
In seinem Heimatdorfe. –

Ja, unter grüner Meereswell',
Bei Perlen silberfarb,
Da liegt manch rüstiger Gesell,
Der in den Wellen starb.

Er schlummert fern von Haus und Hof;
Keine Blume ziert sein Grab,
Und keine Freundesträne troff
Auf sein Gesicht hinab.

Er schlummert süß, umdüstert auch
Sein Grab kein Rosmarin,
Umsäuselt's auch kein Rosenstrauch,
Keiner Trauerweide Grün,

Was tut's? – und dass sein Angesicht
Kein Tränenregen schlug,
Den Toten im Meere kümmert's nicht!
Es ist ja nass genug!

Georg Heym

Der fliegende Holländer

1.

Wie Feuerregen füllt den Ozean
Der schwarze Gram. Die großen Wogen türmt
Der Südwind auf, der in die Segel stürmt,
Die schwarz und riesig flattern im Orkan.

Ein Vogel fliegt voraus. Sein langes Haar
Sträubt von den Winden um das Haupt ihm groß.
Der Wasser Dunkelheit, die meilenlos,
Umarmt er riesig mit dem Schwingenpaar.

Vorbei an China, wo das gelbe Meer
Die Drachendschunken vor den Städten wiegt,
Wo Feuerwerk die Himmel überfliegt
Und Trommeln schlagen um die Tempel her.

Der Regen jagt, der spärlich niedertropft
Auf seinen Mantel, der im Sturme bläht.
Im Mast, der hinter seinem Rücken steht,
Hört er die Totenuhr, die ruhlos klopft.

Die Larve einer toten Ewigkeit
Hat sein Gesicht mit Leere übereist.
Dürr, wie ein Wald, durch den ein Feuer reist.
Wie trüber Staub umflackert es die Zeit.

Die Jahre graben sich der Stirne ein,
Die wie ein alter Baum die Borke trägt.
Sein weißes Haar, das Wintersturmwind fegt,
Steht wie ein Feuer um der Schläfen Stein.

Die Schiffer an den Rudern sind verdorrt,
Als Mumien schlafen sie auf ihrer Bank.
Und ihre Hände sind wie Wurzeln lang
Hereingewachsen in den morschen Bord.

Ihr Schifferzopf wand sich wie ein Barett
Um ihren Kopf herum, der schwankt im Wind.
Und auf den Hälsen, die wie Röhren sind,
Hängt jedem noch ein großes Amulett.

Er ruft sie an, sie hören nimmermehr.
Der Herbst hat Moos in ihrem Ohr gepflanzt,
Das grünlich hängt und in dem Winde tanzt
Um ihre welken Backen hin und her.

2.

Dich grüßt der Dichter, düsteres Phantom,
Den durch die Nacht der Liebe Schatten führt,
Im unterirdisch ungeheuern Dom,
Wo schwarzer Sturm die Kirchenlampe schürt,

Die lautlos flackert, ein zerstörtes Herz,
Von Qual durchlöchert, und die Trauer krankt
Im Tode noch in seinem schwarzen Erz.
An langen Ketten zittert es und schwankt.

Sein roter Schein flammt über Gräber hin.
An dem Altare kniet ein Ministrant,
Zwei Dolche in der offnen Brust. Darin
Noch schwelt und steigt trostloser Liebe Brand.

Durch schwarze Stollen flattert das Gespenst.
Er folgt ihm blind, wo schwarze Schatten fliehn,
Den Mond an seiner Stirn, der trübe glänzt,
Und Stimmen hört er, die vorüberziehn

Im hohlen Grund, der von den Qualen schwillt,
Mit dumpfem Laut. Ein ferner Wasserfall
Pocht an der Wand, und bittre Trauer füllt
Wie ein Orkan der langen Treppen Fall.

Fern kommt ein Zug von Fackeln durch ein Tor,
Ein Sarg, der auf der Träger Schultern bebt

Und langsam durch den langen Korridor
In trauriger Musik vorüberschwebt.

Wer ruht darin? Wer starb? Der matte Ton
Der Flöten wandert durch die Gänge fort.
Ein dunkles Echo ruft er noch, wo schon
Die Stille hockt an dem versunknen Ort.

Das Grau der Mitternacht wird kaum bedeckt
Von einer gelben Kerze, und es saust
Der Wind die Gänge fort, der bellend schreckt
Den Staub der Grüfte auf, der unten haust.

Maßlose Traurigkeit. In Nacht allein
Verirrt der Wandrer durch den hohen Flur,
Wo oben in der dunklen Wölbung Stein
Gestirne fliehn in magischer Figur.

Friedrich Nietzsche

Rein zur Höh, rein zu Tal!

Im Tannengrund, um Mitternacht,
Wenn scheu des Mondes fahler Schein
Gespenstisch durch die Wipfel lacht,
Sah ich dich stehn, einsam, allein.

Kein Laut; es schleicht der leise Wind
Dumpfrauschend aus dem Tal empor,
Und Schilfgeflüster, schaurig lind,
Tönt geisterstimmig aus dem Moor.

Die Hand geballt, des Auges Glut
Hin auf den schroffen Fels gebannt,
Dein Herz, es wogt die wilde Flut,
Die Wellen schleudert an den Strand.

Der Mauer Trumm, der Säule Pracht,
Die Burg im grellen Mondenlicht
Hohläugig zu ihm niederlacht
Und grinst und grüßt und neigt und spricht:

»Rein zur Höh, rein zu Tal!
Sonn' ertötet, Mond belebt,

Was schaust du aufwärts, bleich und fahl?
Steig auf, wie alles lichtwärts strebt!«

Er klomm hinauf, er steigt, er lauscht
Des Flüsterns, das das Schilf umirrt,
Des Windes, der den Fels umrauscht,
Der Eule, die die Höh' umschwirrt.

Und näher tönt es, Zauberklang,
Und weht und rauscht wie Harfenschall,
Jetzt leise klagend, schmerzlich bang –
Verklingen – erlöschen – versinken im All.

Es fasst sein Herz – er steigt und neigt
Und breitet die Arme, umschlingt die Welt.
Versinken – ertrinken – die Säule weicht,
Verklingen – verhallen – erdwärts, zerschellt.

Nikolaus Lenau

Der traurige Mönch
Nach einer Sage

In Schweden steht ein grauer Turm,
Herbergend Eulen, Aare;
Gespielt mit Regen, Blitz und Sturm
Hat er neunhundert Jahre;
Was je von Menschen hauste drin,
Mit Lust und Leid, ist längst dahin.

Der Regen strömt, ein Reiter naht,
Er spornt dem Ross die Flanken;
Verloren hat er seinen Pfad
In Dämmrung und Gedanken;
Es windet heulend sich im Wind
Der Wald, wie ein gepeitschtes Kind.

Verrufen ist der Turm im Land,
Dass nachts, bei hellem Lichte,
Ein Geist dort spukt in Mönchsgewand,
Mit traurigem Gesichte;
Und wer dem Mönch ins Aug gesehn,
Wird traurig und will sterben gehn.

Doch ohne Schreck und Grauen tritt
Ins Turmgewölb der Reiter,
Er führt herein den Rappen mit
Und scherzt zum Rösslein heiter:
»Gelt du, wir nehmens lieber auf
Mit Geistern als mit Wind und Trauf?«

Den Sattel und den nassen Zaum
Entschnallt er seinem Pferde,
Er breitet sich im öden Raum
Den Mantel auf die Erde
Und segnet noch den Aschenrest
Der Hände, die gebaut so fest.

Und wie er schläft und wie er träumt
Zur mitternächtgen Stunde,
Weckt ihn sein Pferd, es schnaubt und bäumt,
Hell ist die Turmesrunde,
Die Wand wie angezündet glimmt;
Der Mann sein Herz zusammennimmt.

Weit auf das Ross die Nüstern reißt,
Es bleckt vor Angst die Zähne,
Der Rappe zitternd sieht den Geist
Und sträubt empor die Mähne;
Nun schaut den Geist der Reiter auch
Und kreuzet sich nach altem Brauch.

Der Mönch hat sich vor ihn gestellt,
So klagend still, so schaurig,
Als weine stumm aus ihm die Welt,
So traurig, o wie traurig!
Der Wandrer schaut ihn unverwandt
Und wird von Mitleid übermannt.

Der große und geheime Schmerz,
Der die Natur durchzittert,
Den ahnen mag ein blutend Herz,
Den die Verzweiflung wittert,
Doch nicht erreicht – der Schmerz erscheint
Im Aug des Mönchs, der Reiter weint.

Er ruft: »O sage, was dich kränkt?
Was dich so tief beweget?«
Doch wie der Mönch das Antlitz senkt,
Die bleichen Lippen reget,
Das Ungeheure sagen will:
Ruft er entsetzt: »Sei still! sei still!« –

Der Mönch verschwand, der Morgen graut,
Der Wandrer zieht von hinnen;
Und fürder spricht er keinen Laut,
Den Tod nur muss er sinnen;
Der Rappe rührt kein Futter an,
Um Ross und Reiter ists getan.

Und als die Sonn am Abend sinkt:
Die Herzen bänger schlagen,
Der Mönch aus jedem Strauche winkt,
Und alle Blätter klagen,
Die ganze Luft ist wund und weh –
Der Rappe schlendert in den See.

Ricarda Huch

Komm am Morgen nicht

Komm am Morgen nicht,
Lieb, zu meinem Grabe,
komm auf dunklen Wegen
bei des Mondes Dämmerlicht.

Wenn der Glocken Chor
Mitternacht verkündet,
steig ich aus der Erde
zu der holden Luft empor.

Weiß im Sterbekleid
sitz ich auf dem Grabe,
achte auf die Sterne
und den stillen Gang der Zeit.

Komm und sei nicht bang!
Kannst du auch noch küssen?
Schlafend nicht vergaß ich's
manchen dunklen Winter lang.

Küss mich fest und lang,
Ach, im Osten hör ich
schon der Morgensonne
wonnevollen Frühgesang.

Warst nun wieder mein!
Geh ins süße Leben! –
In der schwarzen Tiefe
schlaf ich ungern wieder ein.

Ludwig Uhland

Junker Rechberger

Rechberger war ein Junker keck,
Der Kaufleut und der Wanderer Schreck.
In einer Kirche, verlassen,
Da tät er die Nacht verpassen.

Und als es war nach Mitternacht,
Da hat er sich auf den Fang gemacht.
Ein Kaufzug, hat er vernommen,
Wird frühe vorüberkommen.

Sie waren geritten ein kleines Stück,
Da sprach er: »Reitknecht, reite zurück!
Die Handschuh hab ich vergessen
Auf der Bahre, da ich gesessen.«

Der Reitknecht kam zurück so bleich:
»Die Handschuh hole der Teufel Euch!
Es sitzt ein Geist auf der Bahre;
Es starren mir noch die Haare.

Er hat die Handschuh angetan
Und schaut sie mit feurigen Augen an,

Er streicht sie wohl auf und nieder;
Es beben mir noch die Glieder.«

Da ritt der Junker zurück im Flug,
Er mit dem Geiste sich tapfer schlug,
Er hat den Geist bezwungen,
Seine Handschuh wieder errungen.

Da sprach der Geist mit wilder Gier:
»Und lässt du sie nicht zu eigen mir,
So leihe mir auf ein Jährlein
Das schmucke, schmeidige Pärlein!«

»Ein Jährlein ich sie dir gerne leih,
So kann ich erproben des Teufels Treu.
Sie werden wohl nicht zerplatzen
An deinen dürren Tatzen.«

Rechberger sprengte von dannen stolz,
Er streifte mit seinem Knecht im Holz.
Der Hahn hat ferne gerufen,
Da hören sie Pferdehufen.

Dem Junker hoch das Herze schlug;
Des Weges kam ein schwarzer Zug
Vermummter Rittersleute;
Der Junker wich auf die Seite.

Und hinten trabt noch einer daher,
Ein ledig Räpplein führet er,
Mit Sattel und Zeug staffieret,
Mit schwarzer Decke gezieret.

Rechberger ritt heran und frug:
»Sag an! wer sind die Herren vom Zug?
Sag an, traut lieber Knappe!
Wem gehört der ledige Rappe?«

»Dem treuesten Diener meines Herrn,
Rechberger nennt man ihn nah und fern.
Ein Jährlein, so ist er erschlagen,
Dann wird das Räpplein ihn tragen.«

Der Schwarze ritt den andern nach.
Der Junker zu seinem Knechte sprach:
»Weh mir! vom Ross ich steige,
Es geht mit mir zur Neige.

Ist dir mein Rösslein nicht zu wild
Und nicht zu schwer mein Degen und Schild:
Nimm's hin dir zum Gewinste
Und brauch es in Gottes Dienste!«

Rechberger in ein Kloster ging:
»Herr Abt! ich bin zum Mönche zu ring,
Doch möcht ich in tiefer Reue
Dem Kloster dienen als Laie.«

»Du bist gewesen ein Reitersmann,
Ich seh es dir an den Sporen an,
So magst du der Pferde walten,
Die im Klosterstalle wir halten.«

Am Tag, da selbiges Jahr sich schloss,
Da kaufte der Abt ein schwarz wild Ross,
Rechberger sollt es zäumen,
Doch es tät sich stellen und bäumen.

Es schlug den Junker mitten aufs Herz,
Dass er sank in bitterem Todesschmerz.
Es ist im Walde verschwunden,
Man hat's nicht wieder gefunden.

Um Mitternacht, an Junkers Grab,
Da stieg ein schwarzer Reitknecht ab,
Einem Rappen hält er die Stangen,
Reithandschuh am Sattel hangen.

Rechberger stieg aus dem Grab herauf,
Er nahm die Handschuh vom Sattelknauf,
Er schwang sich in Sattels Mitte,
Der Grabstein diente zum Tritte.

Dies Lied ist Junkern zur Lehr gemacht:
Dass sie geben auf ihre Handschuh acht,
Und dass sie fein bleiben lassen,
In der Nacht am Wege zu passen.

Joseph von Zedlitz

Die nächtliche Heerschau

Nachts um die zwölfte Stunde
Verlässt der Tambour sein Grab,
Macht mit der Trommel die Runde,
Geht emsig auf und ab.

Mit seinen entfleischten Armen
Rührt er die Schlegel zugleich,
Schlägt manchen guten Wirbel,
Reveill' und Zapfenstreich.

Die Trommel klinget seltsam,
Hat gar einen starken Ton;
Die alten toten Soldaten
Erwachen im Grab davon.

Und die im tiefen Norden
Erstarrt in Schnee und Eis,
Und die in Welschland liegen,
Wo ihnen die Erde zu heiß;

Und die der Nilschlamm decket
Und der arabische Sand,

Sie steigen aus ihren Gräbern,
Sie nehmen's Gewehr zur Hand.

Und um die zwölfte Stunde
Verlässt der Trompeter sein Grab
Und schmettert in die Trompete
Und reitet auf und ab.

Da kommen auf luftigen Pferden
Die toten Reiter herbei,
Die blutigen alten Schwadronen
In Waffen mancherlei.

Es grinsen die weißen Schädel
Wohl unter dem Helm hervor,
Es halten die Knochenhände
Die langen Schwerter empor.

Und um die zwölfte Stunde
Verlässt der Feldherr sein Grab,
Kommt langsam hergeritten,
Umgeben von seinem Stab.

Er trägt ein kleines Hütchen,
Er trägt ein einfach Kleid,
Und einen kleinen Degen
Trägt er an seiner Seit'.

Der Mond mit gelbem Lichte
Erhellt den weiten Plan:
Der Mann im kleinen Hütchen
Sieht sich die Truppen an.

Die Reihen präsentieren
Und schultern das Gewehr,
Dann zieht mit klingendem Spiele
Vorüber das ganze Heer.

Die Marschäll' und Generale
Schließen um ihn einen Kreis:
Der Feldherr sagt dem Nächsten
In's Ohr ein Wörtlein leis'.

Das Wort geht in die Runde,
Klingt wieder fern und nah':
»Frankreich« ist die Parole,
Die Losung: »Sankt Helena!« –

Dies ist die große Parade
Im elyseischen Feld,
Die um die zwölfte Stunde
Der tote Cäsar hält.

August von Platen

König Odo

Aus dem Kloster hallen Glocken,
Tausend Lichter funkeln helle,
Die den Zug der Beter locken
Nach der hohen Kirchenschwelle.

König Odo kommt gefahren,
Hört vom alten Turm Geläute,
Und er fragt die frommen Scharen:
Aber welch ein Fest ist heute?

Sie erwidern drauf und sagen:
Eine Jungfrau nimmt den Schleier,
König Odo springt vom Wagen,
Tritt hinein und schaut die Feier.

Um den heiligen Brauch zu wehren,
Ruft er aus am Hochaltare:
Keine Schere soll versehren
Diese langen, blonden Haare!

Über diese feuchten Blicke
Möge nie ein Schleier fallen,

Und kein härnes Kleid ersticke
Dieser Brust gelindes Wallen.

Reißend vom Altar die Reine,
Trat er nun hervor und tobte:
Christus werde nie der Deine,
König Odos Anverlobte!

Frevelvoll und voll von Wonne,
Selig im erbotnen Tausche,
Neigt sich die betörte Nonne
Seinem schönen Liebesrausche.

Als die Nacht begann zu schauern
Um die Stunde der Gespenster,
Zitterten des Schlosses Mauern,
Und es flogen auf die Fenster.

Bebend sahn empor die Gatten,
Und ans goldne Lager beider
Trat ein weißer Zug von Schatten,
Angetan in Nonnenkleider.

Alle hielten rote Kerzen,
Welche blau und düster flammten,
Und die junge Braut vom Herzen
Rissen sie dem Gottverdammten.

Hülfe ruft er, greift verwegen
Zur geschliffnen Wehr im Grimme;
Aber ihm versagt der Degen,
Aber ihm versagt die Stimme.

Und das Mädchen ziehn am Haare
Jene fort, das arme, bleiche,
Legen dann auf eine Bahre
Die lebend'ge, schöne Leiche.

Und der König folgte bange,
Seiner Sinne halb nur mächtig:
In der Kirche Säulengange
Hielt der lange Zug bedächtig.

An des Altars hoher Schwelle
Tut ein Grab sich auf mit Grauen,
Ausgehöhlt, gespenstig schnelle,
Von den weißvermummten Frauen.

Mit Gewalt sein Weib zu holen,
Rafft sich auf im Wahn der Gatte;
Aber unter seinen Sohlen
Dreht sich jede Marmorplatte.

Und er sieht die schönen Glieder
Eingesargt in einem Schreine,
Will hinzu, doch immer wieder
Schwanken unter ihm die Steine.

Und der Schaufeln Ton verstummet,
Stille wird's im Gotteshause,
Nur die Glocke, wenn sie brummet,
Unterbricht die tiefe Pause.

Und das Dunkel weicht, die Sonne
Hebt am Horizont sich steiler,
Man entdeckt das Grab der Nonne,
Und den König tot am Pfeiler.

Ludwig Eichrodt

Die Rache
Eine schändliche Ballade.

Umgebracht in seinem Bette,
Liegt der Ritter Seidelbrecht,
Liegt in seinem bleichen Fette,
Und daneben steht sein Knecht,
Steht sein Weib, das abgefeimte,
Das von je her Bosheit schäumte.

Und es spricht der Knecht des Hauses,
Wischend die bespritzte Hand
An dem Ärmel seines Flauses,
Zum verruchten Weib gewandt:
Dieser ist des Todes worden,
Soll ich auch den Sohn ermorden?

Und erwidernd spricht die Arge:
Schöner Josef, sei so gut!
Tu mir den Gefallen, karge
Nimmer mit Tyrannenblut!
Willst Du Gift, willst Du ein Dölchlein,
Oder würgen wir das Mölchlein?

Ach, sie haben kein Gewissen,
Ach, der Kleine muss daran.
Aus dem Bett wird er gerissen,
Und mit Wohllust abgetan.
Sieh, das geht geschmiert wie Butter,
Lispelet die Rabenmutter.

Horch, da raspelt's in dem Bette,
Da erhebt sich's aus dem Bett
Und als ob es Leben hätte,
Wandelt es zum Pfeifenbrett;
Stopft sich mit verdrehten Augen
Einen Kopf und tut ihn rauchen.

Grässlich, grässlich, grässlich, grässlich,
Grässlich, das ist ein Gespenst!
Josef, Josef, wird unpässlich,
Eulagunde blickt entmenscht:
Beide wagen nicht zu sprechen –
So tut Seidelbrecht sich rächen.

Eine lange, lange Stunde
Schleicht dahin und Keines weicht,
Übel wird es Eulagunde,
Josef zum Phantom erbleicht:
Seidelbrecht, der Totensteife,
Stopft sich eine zweite Pfeife.

Höret nimmer auf zu rauchen,
Stieret auf das Herz des Weibs
Mit dem linken seiner Augen,
Schauerlichen Zeitvertreibs;
Mit dem rechten schielt erbittert
Er auf Josef, der da zittert.

Und zum andern Male klopfet
Aus die Pfeife Seidelbrecht
Und zum dritten Male stopfet
Er die Pfeife mundgerecht.
Siebenmal und nochmal sieben
Mal wird dieser Spuck betrieben.

Eben schlug die zwölfte Stunde
Dumpfig, wie ein Uhu surrt,
Angeraucht ist Eulagunde,
Josef ärmlich eingeschnurrt;
Schon, mit ganz verdorbnem Teinte,
Stehn sie da wie Postamente.

Dann, unmöglich dass man's glaube,
Unerbittlich, stumm, gerecht,
Bröckelt er zu schnödem Staube
Seine Gattin, seinen Knecht;
Stopft damit, wer will's begreifen?
Siebenmal dreihundert Pfeifen.

Rauchet krampfhaft, rauchet schändlich,
Bis der Hund zur Sonne bellt,
Raucht und rauchet, bis er endlich
Selbst in Staub und Asche fällt.
Wage Keiner, dass er lache –
Das war eines Rauchers Rache!

Karoline von Günderrode

Der Traurende und die Elfen

Zum Grab der Trauten schleicht der Knabe,
Ihm ist das Herz so bang und schwer;
Da sinkt die dunkle Nacht hernieder,
Und bleiche Geister geh'n umher;
Des Abends feuchte Nebel tauen,
Der Nachtwind wühlt in seinem Haar,
Das alles wird er nicht gewahr.

In Träumen ist er ganz verloren,
Er merket nicht der Stunden Gang;
Da weckt ihn aus dem dumpfen Schlummer
Musik und froher Chorgesang;
Er blicket auf: und schaut den Reigen
Der Elfen, deren munt'rer Tanz
Sich schlingt um frischer Gräber Kranz.

Und sieh! ihm naht der Elfen Schönste,
Und spricht: »Was trauerst du so sehr?
Komm! ist dein Mädchen dir gestorben?
Vergiss sie! komm zum Tanze her.
Frei sind wir Elfen, ohne Sorgen,
Leicht wie der Sinn ist unser Fuß,
Und froh und leicht sind Lieb und Kuss.

O zögre nicht! nur wenig Stunden
So moderst du, nur kurze Zeit
So welket alles, was jetzt blühet,
Drum komm! entsag dem schweren Leid'.« –
Wild springt er auf zum raschen Tanze
Und über seiner Braut Gebein
Schlingt sich der lust'ge Elfenreihn.

Er tanzt, vergisset die Geliebte,
Leicht, wie der Elfen, wird sein Sinn,
Entbunden aller Erdensorgen
Schwingt er sich über Wolken hin.
Er sieht Geschlechter kommen, sterben,
Kann alles froh und lustig sehn
Der Dinge Blühen und Vergehn.

Joseph von Eichendorff

Die verlorene Braut

Vater und Kind gestorben
Ruhten im Grabe tief,
Die Mutter hatt erworben
Seitdem ein ander Lieb.

Da droben auf dem Schlosse
Da schallt das Hochzeitsfest,
Da lacht's und wiehern Rosse,
Durchs Grün ziehn bunte Gäst.

Die Braut schaut' ins Gefilde
Noch einmal vom Altan,
Es sah so ernst und milde
Sie da der Abend an.

Rings waren schon verdunkelt
Die Täler und der Rhein,
In ihrem Brautschmuck funkelt
Nur noch der Abendschein.

Sie hörte Glocken gehen
Im weiten, tiefen Tal,

Es bracht der Lüfte Wehen
Fern übern Wald den Schall.

Sie dacht: »O falscher Abend!
Wen das bedeuten mag?
Wen läuten sie zu Grabe
An meinem Hochzeitstag?«

Sie hört' im Garten rauschen
Die Brunnen immerdar,
Und durch der Wälder Rauschen
Ein Singen wunderbar.

Sie sprach: »Wie wirres Klingen
Kommt durch die Einsamkeit,
Das Lied wohl hört ich singen
In alter, schöner Zeit.«

Es klang, als wollt sie's rufen
Und grüßen tausendmal –
So stieg sie von den Stufen,
So kühle rauscht' das Tal.

So zwischen Weingehängen,
Stieg sinnend sie ins Land
Hinunter zu den Klängen,
Bis sie im Walde stand.

Dort ging sie, wie in Träumen,
Im weiten, stillen Rund,
Das Lied klang in den Bäumen,
Von Quellen rauscht' der Grund. –

Derweil von Mund zu Munde
Durchs Haus, erst heimlich sacht,
Und lauter geht die Kunde:
Die Braut irrt in der Nacht!

Der Bräut'gam tät erbleichen,
Er hört im Tal das Lied,
Ein dunkelrotes Zeichen
Ihm von der Stirne glüht.

Und Tanz und Jubel enden,
Er und die Gäst im Saal,
Windlichter in den Händen,
Sich stürzen in das Tal.

Da schweifen rote Scheine,
Schall nun und Rosseshuf,
Es hallen die Gesteine
Rings von verworrnem Ruf.

Doch einsam irrt die Fraue
Im Walde schön und bleich,
Die Nacht hat tiefes Grauen,
Das ist von Sternen so reich.

Und als sie war gelanget
Zum allerstillsten Grund,
Ein Kind am Felsenhange
Dort freundlich lächelnd stund.

Das trug in seinen Locken
Einen weißen Rosenkranz,
Sie schaut' es an erschrocken
Beim irren Mondesglanz.

»Solch Augen hat das meine,
Ach meines bist du nicht,
Das ruht ja unterm Steine,
Den niemand mehr zerbricht.

Ich weiß nicht, was mir grauset,
Blick nicht so fremd auf mich!
Ich wollt, ich wär zu Hause.« –
»Nach Hause führ ich dich.«

Sie gehn nun miteinander,
So trübe weht der Wind,
Die Fraue sprach im Wandern:
»Ich weiß nicht, wo wir sind.

Wen tragen sie beim Scheine
Der Fackeln durch die Schluft?
O Gott, der stürzt' vom Steine
Sich tot in dieser Kluft!«

Das Kind sagt: »Den sie tragen,
Dein Bräut'gam heute war,
Er hat meinen Vater erschlagen,
's ist diese Stund ein Jahr.

Wir alle müssen's büßen,
Bald wird es besser sein,
Der Vater lässt dich grüßen,
Mein liebes Mütterlein.«

Ihr schauert's durch die Glieder:
»Du bist mein totes Kind!
Wie funkeln die Sterne nieder,
Jetzt weiß ich, wo wir sind.« –

Da löst' sie Kranz und Spangen,
Und über ihr Angesicht
Perlen und Tränen rannen,
Man unterschied sie nicht.

Und über die Schultern nieder
Rollten die Locken sacht,
Verdunkelnd Augen und Glieder,
Wie eine prächtige Nacht.

Ums Kind den Arm geschlagen,
Sank sie ins Gras hinein –
Dort hatten sie erschlagen
Den Vater im Gestein.

Die Hochzeitsgäste riefen
Im Walde auf und ab,
Die Gründe alle schliefen,
Nur Echo Antwort gab.

Und als sich leis erhoben
Der erste Morgenduft,
Hörten die Hirten droben
Ein Singen in stiller Luft.

Alexander von Württemberg

Der Organist aus dem Grabe

Wenn von dem alten Dome
Die Geisterglocke schallt,
Der Organist im Grabe,
Die Faust zusammenballt.

Er reißt den schweren Deckel
Von dem bestaubten Sarg,
Der viele lange Jahre
Den greisen Leichmann barg.

Er eilt im Geisterfluge,
Es flattert sein Gewand,
Das Tor zur Gotenkirche
Sprengt seine Knochenhand.

Er steigt empor zur Orgel,
Die er sich einst gebaut;
Der Sturmwind treibt die Bälge
Und Donner werden laut.

Von acht gewalt'gen Glocken
Er nun die Stränge zieht

Und läutet längst Verstorbenen
Ein Auferstehungslied.

Aus trübem Schattenreiche
Kommt düster angeschwebt
Die Schar gefallner Geister,
Die einst mit ihm gelebt.

Zur grauenvollen Stunde
Wird jeder Geist ein Ton
Und klagt mit bangem Zagen
Ob seinem Sündenlohn.

Der Orgler in die Tasten greift
Nun mit Geisterkraft,
Laut tönt der Chor der Seelen
Nach langer Grabeshaft.

Und von den fernsten Sternen
Hallt wider ihr Gesang.
Wie dünkt den armen Sündern
Die Ewigkeit so lang!

Es zieht ein manch Register,
Er rast auf dem Pedal,
Es braust der Bass der Männer
Verzweiflung, Höllenqual.

Der kleinen Kinder Jammern
Tönt wider im Diskant;
Der Weiber banges Klagen
Erbebt im Tremulant.

So tobt der Sang der Geister
Bis Früh zum Hahnenschrei;
Die Messe ist vorüber,
Der Sturmwind zieht vorbei.

Die Taster werden Bahren,
Drin birgt sich jeder Ton;
Der bleiche Orgelmeister
Schleicht sich zuletzt davon.

Christian Morgenstern

Der Werwolf

Ein Werwolf eines Nachts entwich
von Weib und Kind und sich begab
an eines Dorfschullehrers Grab
und bat ihn: Bitte, beuge mich!

Der Dorfschulmeister stieg hinauf
auf seines Blechschilds Messingknauf
und sprach zum Wolf, der seine Pfoten
geduldig kreuzte vor dem Toten:

»Der Werwolf« – sprach der gute Mann,
»des Weswolfs, Genitiv sodann,
dem Wemwolf, Dativ, wie man's nennt,
den Wenwolf, – damit hat's ein End.«

Dem Werwolf schmeichelten die Fälle,
er rollte seine Augenbälle.
Indessen, bat er, füge doch
zur Einzahl auch die Mehrzahl noch!

Der Dorfschulmeister aber musste
gestehn, dass er von ihr nichts wusste.

Zwar Wölfe gäb's in großer Schar,
doch »Wer« gäb's nur im Singular.

Der Wolf erhob sich tränenblind –
er hatte ja doch Weib und Kind!!
Doch da er kein Gelehrter eben,
so schied er dankend und ergeben.

Annette von Droste-Hülshoff

Der Knabe im Moor

O schaurig ist's übers Moor zu gehn,
Wenn es wimmelt vom Heiderauche,
Sich wie Phantome die Dünste drehn
Und die Ranke häkelt am Strauche,
Unter jedem Tritte ein Quellchen springt,
Wenn aus der Spalte es zischt und singt,
O schaurig ist's übers Moor zu gehn,
Wenn das Röhricht knistert im Hauche!

Fest hält die Fibel das zitternde Kind
Und rennt, als ob man es jage;
Hohl über die Fläche sauset der Wind –
Was raschelt drüben am Hage?
Das ist der gespenstige Gräberknecht,
Der dem Meister die besten Torfe verzecht;
Hu, hu, es bricht wie ein irres Rind!
Hinducket das Knäblein zage.

Vom Ufer starret Gestumpf hervor,
Unheimlich nicket die Föhre,
Der Knabe rennt, gespannt das Ohr,
Durch Riesenhalme wie Speere;

Und wie es rieselt und knittert darin!
Das ist die unselige Spinnerin,
Das ist die gebannte Spinnlenor',
Die den Haspel dreht im Geröhre!

Voran, voran, nur immer im Lauf,
Voran, als woll' es ihn holen;
Vor seinem Fuße brodelt es auf,
Es pfeift ihm unter den Sohlen
Wie eine gespenstige Melodei;
Das ist der Geigenmann ungetreu
Das ist der diebische Fiedler Knauf,
Der den Hochzeitteller gestohlen!

Da birst das Moor, ein Seufzer geht
Hervor aus der klaffenden Höhle;
Weh, weh, da ruft die verdammte Margret:
»Ho, ho, meine arme Seele!«
Der Knabe springt wie ein wundes Reh,
Wär' nicht Schutzengel in seiner Näh',
Seine bleichenden Knöchelchen fände spät
Ein Gräber im Moorgeschwele.

Da mählich gründet der Boden sich,
Und drüben, neben der Weide,
Die Lampe flimmert so heimatlich,
Der Knabe steht an der Scheide.

Tief atmet er auf, zum Moor zurück
Noch immer wirft er den scheuen Blick:
Ja, im Geröhre war's fürchterlich,
O schaurig war's in der Heide!

Kurzbiographien der Dichter

Gottfried August Bürger

** 1747 Molmerswende, Ostharz, † 1794 Göttingen.*

⚰ Göttingen, Bartholomäus-Friedhof

Der Pfarrerssohn studierte Theologie und Jura in Halle und Göttingen. Er war als Amtmann tätig, später als Privatdozent für Ästhetik und Philosophie an der Universität Göttingen. Dort schloss er sich der Dichtervereinigung »Göttinger Hainbund« an (mit Boie, Hölty, Leisewitz, Voß u.a.). In deren Zeitschrift, dem *Göttinger Musenalmanach*, dessen Redakteur Bürger von 1778 bis 1794 war, erschienen auch seine empfindsamen Gedichte und dramatischen Balladen, die sehr populär wurden. Seinen größten Erfolg hatte er aber mit einem anonym veröffentlichten Buch, *Abenteuer des Freiherrn von Münchhausen* (1786), einer Übersetzung und freien Bearbeitung aus dem Englischen.

Heinrich Christian Wilhelm Busch

** 1832 Wiedensahl bei Hannover, † 1908 Mechtshausen am Harz.*

⚰ Seesen-Mechtshausen, Dorffriedhof

Nach einem abgebrochenen Maschinenbaustudium in Hannover besuchte Busch die Kunstakademien in Düsseldorf, Antwerpen und München. Mit den Bildergeschichten und Karikaturen, die er dort für die satirische Zeitschrift *Fliegende Blätter* entwarf, begann seine Doppelkarriere als Dichter und Zeichner. Virtuose Wortkomik und zeichnerische Originalität machten ihn zu einem Pionier der modernen Comic-Kunst, insbesondere durch Klassiker wie *Max und Moritz* (1865) oder *Die fromme Helene* (1872). Deren scheinbare Biedermeierlichkeit verdeckte in der Wahrnehmung des Publikums mitunter die Abgründigkeit seines Humors und seinen skeptischen, antibürgerlichen Blick auf menschliche

Schwächen. Busch lebte in München und Frankfurt a. M., am Ende seines Lebens kehrte er in die Heimat zurück.

Adelbert von Chamisso

(eigentl. Louis Charles Adélaïde de Chamissot de Boncourt)

* *1781 Schloss Boncourt, Champagne, † 1838 Berlin.*

⚰ *Berlin, Friedhof III der Jerusalems- und Neuen Kirchengemeinde*

Während der Revolutionskriege flüchtete Chamisso mit seiner verarmten Familie aus Frankreich und kam schließlich nach Berlin, wo er später preußischer Offizier wurde. Er schloss sich dem romantischen Dichterzirkel »Nordsternbund« (u. a. mit Friedrich de la Motte Fouqué, Karl August Varnhagen von Ense) sowie den »Serapionsbrüdern« um E. T. A. Hoffmann an und gehört zu den wenigen Schriftstellern, die nicht in ihrer Muttersprache schrieben. Erfolg hatte er mit seinen Liedern und Balladen und vor allem mit der populären Erzählung *Peter Schlemihls wundersame Geschichte* (1814). Chamisso war ein bedeutender Zoologe und Botaniker (Weltumseglung mit der Rurik-Expedition 1815–1818, Kartographierung Alaskas und der nach ihm benannten Chamisso-Insel, Mitglied der Berliner Akademie der Wissenschaften 1835).

Annette von Droste-Hülshoff

* *1797 Burg Hülshoff bei Münster, † 1848 Meersburg, Bodensee.*

⚰ *Meersburg, städtischer Friedhof*

Die Tochter eines alteingesessenen westfälischen Adelgeschlechts führte ein zurückgezogenes, von beständiger Kränklichkeit geprägtes Leben und widmete sich ganz ihrer literarischen Arbeit. Ihre Balladen – davon viele im Genre der Schauerballade – und vor allem ihre Kriminalnovelle *Die Judenbuche* (1842) gelten heute als klassische Werke, fanden jedoch zu ihren Lebzeiten kaum öffentliche Aufmerksamkeit.

Joseph Freiherr von Eichendorff

**1788 Schloss Lubowitz bei Ratibor / Oberschlesien, † 1857 Neisse / Schlesien. ⚱ Neisse, Friedhof St. Jerusalem*

Eichendorff, der aus einer schlesischen Adelsfamilie stammte, studierte Jura in Halle, Heidelberg, Berlin und Wien. Nach der Teilnahme an den Befreiungskriegen war er im preußischen Staatsdienst tätig. 1815 erschien sein erster Roman, *Ahnung und Gegenwart*. Erzählungen wie *Das Marmorbild* (1818) und *Aus dem Leben eines Taugenichts* (1826), vor allem aber seine am Volkslied orientierte, religiös geprägte Lyrik, die vielfach vertont wurde, machten ihn zum bedeutendsten Dichter der Spätromantik.

Ludwig Eichrodt

**1827 Durlach, Baden, † 1892 Lahr. ⚱ Lahr, Alter Friedhof*

Im Hauptberuf war Ludwig Eichrodt Jurist; nach einem Studium in Heidelberg und Freiburg brachte er es bis zum Oberamtsrichter. Daneben machte er sich als satirischer Lyriker einen Namen. Beliebt waren vor allem seine Literaturparodien, die vorwiegend in den Münchener *Fliegenden Blättern* erschienen.

Gustav Falke

**1853 Lübeck, † 1916 Hamburg. ⚱ Hamburg, Friedhof Ohlsdorf*

Der Sohn einer Kaufmannsfamilie arbeitete als Buchhandelsgehilfe und als Klavierlehrer in Hamburg. Er debütierte 1890 als Lyriker, es folgten Erzählungen, Romane (darunter sein Hauptwerk, der Hamburg-Roman *Landen und Stranden* [1895]) sowie Kinderbücher. Seit 1903 erhielt er eine Ehrenpension der Stadt Hamburg, die ihm eine unabhängige Schriftstellerexistenz ermöglichte.

Theodor Fontane

** 1819 Neuruppin, † 1898 Berlin.*
⚱ Berlin, Friedhof II der Französisch-Reformierten Gemeinde
Seinen Beruf als Apotheker gab Fontane 1849 zugunsten seiner journalistischen und schriftstellerischen Tätigkeit auf. Er arbeitete im Pressedienst der preußischen Regierung (u.a. 1852 und 1855–1859 in England), war Zeitungsredakteur und zwanzig Jahre lang Theaterkritiker für die *Vossische Zeitung*. Die Balladendichtung – oft nach historischen Stoffen – stand am Anfang seines literarischen Schaffens, erst spät (1878) fand er zur Romanschriftstellerei, die ihn, neben den Reisefeuilletons *Wanderungen durch die Mark Brandenburg* (5 Bde., 1862–1888), durch Werke wie *Effi Briest* oder *Der Stechlin* zum bedeutendsten Vertreter des Poetischen Realismus machte.

Ferdinand Hermann Freiligrath

** 1810 Detmold, † 1876 Cannstatt. ⚱ Stuttgart, Friedhof an der Uffkirche*
Freiligrath absolvierte eine kaufmännische Ausbildung in Soest und arbeitete anschließend für Handelshäuser in Amsterdam und Barmen. In der Literatur machte er sich zuerst als Übersetzer Victor Hugos einen Namen, in der Zeit des Vormärz wurde er einer der bedeutendsten und populärsten politischen Dichter.

Seine oppositionelle Haltung zwang ihn zeitweilig ins Exil, u. a. nach Belgien und in die Schweiz. Karl Marx holte ihn 1848 als Redakteur der radikalen *Neuen Rheinischen Zeitung* nach Köln. Nach dem Scheitern der Revolution ging Freiligrath erneut ins Exil und arbeitete in London im Bankgewerbe, bis ihm das Geld, das durch einen Spendenaufruf der Zeitschrift *Die Gartenlaube* zusammenkam, die Rückkehr nach Deutschland und eine Existenz als freier Schriftsteller ermöglichte.

Johann Wolfgang von Goethe

** 1749 Frankfurt a. M., † 1832 Weimar.*

⚰ Weimar, Historischer Friedhof, Fürstengruft

Der Sohn einer wohlhabenden Gelehrten- und Beamtenfamilie studierte in Leipzig und Straßburg Rechtswissenschaft. Als er 1775, nach ersten juristischen Berufserfahrungen in seiner Heimatstadt und in Wetzlar, von Herzog Carl August zur Mitarbeit an den Regierungsgeschäften an den Weimarer Hof berufen wurde, war er durch seine Lyrik, das Schauspiel *Götz von Berlichingen* (1773) und den Briefroman *Die Leiden des jungen Werthers* (1774) bereits der bedeutendste Dichter der Generation des »Sturm und Drang«. Und als er 1788 nach einem zweijährigen Italienaufenthalt nach Weimar zurückkehrte, wurde der so vielfach begabte und gebildete Goethe, der als Naturwissenschaftler ebenso bedeutende Leistungen vollbrachte wie auf dem Gebiet der Literatur- und Kunsttheorie, durch den Bildungsroman *Wilhelm Meister* (1795/1796, 1821), *Die Wahlverwandtschaften* (1809), die Gedichte des *West-östlichen Diwan* (1819) und sein Lebensprojekt, die *Faust*-Tragödie (1808, 1832), zur bestimmenden Gestalt einer ganzen Geistesepoche, zum Inbegriff der deutschen Klassik.

Karoline Friederike Louise Maximiliane von Günderrode

** 1780 Karlsruhe, † 1806 Winkel / Rhein. ⚰ Winkel, Kirchhof*

Nach dem Tod ihres Vaters, eines hohen Hofbeamten, und einem darauf folgenden Erbstreit lebte Karoline von Günderrode in finanziell eingeschränkten Verhältnissen und zog später in ein Damenstift für mittellose Adelige in Frankfurt. Sie hatte Umgang mit Friedrich Carl von Savigny, der Familie Brentano und anderen Vertretern der Frühromantik. Ihr erstes Buch *Gedichte und Phantasien* erschien 1804 unter Pseudonym. Als ihre langjährige Liebesbeziehung mit einem verheirateten Mann von diesem beendet wurde, nahm sie sich das Leben. Bettine von Arnims Bearbeitung und Veröffentlichung ihres Briefwechsels (*Die Günderode*, 1840) sowie Christa Wolfs Erzählung *Kein Ort. Nirgends* (1979) prägten später das Bild dieser bedeutenden Frauengestalt der Romantik.

Heinrich Heine

** 1797 Düsseldorf, † 1856 Paris. ⚰ Paris, Friedhof Montmartre*

Nach einer kaufmännischen Ausbildung in Hamburg studierte Heine in Bonn, Göttingen und Berlin Jura. Obwohl er vom Judentum zum Protestantismus übertrat, fand er keine Anstellung. Der schriftstellerische Durchbruch gelang ihm mit den *Reisebildern* (1826–1831); sowohl mit seiner zeitkritischen Prosa als auch mit seiner vielfach vertonten Lyrik wurde er zum Erneuerer der deutschen Literatur nach der klassisch-romantischen Epoche. 1831 zog er nach Paris; mit dem Erstarken der politischen Reaktion in seiner Heimat wurde aus dem freiwilligen Aufenthalt ein Exil. 1835 wurden seine und andere Schriften des »Jungen Deutschland« verboten. Werke wie sein *Buch der Lieder* (1827), *Deutschland. Ein Wintermärchen* (1844) oder *Romanzero* (1851) gehören zur Weltliteratur.

Georg Heym

**1887 Hirschberg (heute: Jelenia Góra), Schlesien, † 1912 Berlin.*
⚱ Berlin, Friedhof III der Luisenkirchen Gemeinde (aufgelassen; nicht mehr vorhanden)

Wie es dem Wunsch seiner großbürgerlichen Familie entsprach, studierte Heym Rechtswissenschaft (in Würzburg, Jena und Berlin), allerdings ohne inneren Antrieb. Im juristischen Vorbereitungsdienst scheiterte er. Seine Mitgliedschaft in der nonkonformistischen Künstlervereinigung »Neuer Club« und seine Lesungen im Berliner »Neopathetischen Cabaret« brachten ihm den literarischen Durchbruch. Kurz nach der Publikation seines ersten Gedichtbandes *Der ewige Tag* (1911) beendete ein jäher Tod seine Laufbahn: Der Wegbereiter des Expressionismus und der modernen Großstadtlyrik ertrank beim Schlittschuhlaufen auf der Havel.

Ricarda Huch

**1864 Braunschweig, † 1947 Schönberg im Taunus.*
⚱ Frankfurt a. M., Hauptfriedhof

Nach einem Geschichtsstudium in Zürich arbeitete Ricarda Huch, die aus einer wohlhabenden Kaufmannsfamilie stammte, als Bibliothekarin und Lehrerin in Zürich und Bremen, später lebte sie als freie Schriftstellerin u. a. in Triest, München, Jena und Berlin. Neben neuromantisch geprägter Lyrik und Romanen umfasst ihr Werk, für das sie 1931 den Frankfurter Goethe-Preis erhielt, auch zahlreiche bedeutende historische Studien und Biographien. Dem Nationalsozialismus stellte sie sich offen entgegen (Austritt aus der gleichgeschalteten Preußischen Akademie der Künste, 1933), auch einer Vereinnahmung durch den Kommunismus entzog sie sich. Die Reisestrapazen beim Verlassen der Sowjetischen Besatzungszone im Winter 1947 waren mitverantwortlich für ihren Tod.

Nikolaus Lenau

(eigentl. Nikolaus Franz Niembsch, Edler von Strehlenau)
**1802 Csatád (heute: Lenauheim) bei Temeswar,*
† 1850 Oberdöbling bei Wien. ⚰ Friedhof Weidling bei Wien

Nachdem er u.a. in Wien und Heidelberg Jura, Landwirtschaft und Medizin studiert hatte, jedoch ohne ein Examen abzulegen, lebte Lenau mit Hilfe einer bescheidenen Erbschaft von seiner Großmutter als freier Schriftsteller in Schwaben und Wien, unterbrochen von einem Aufenthalt in den USA (1832/1833), wo sein Versuch, sich als Bauer niederzulassen, scheiterte. Sein Werk, das Naturlyrik, politische Gedichte sowie Versepik umfasst, ist von tiefer Melancholie geprägt. Nach einem Schlaganfall verbrachte er sein Leben ab 1844 in zunehmender geistiger Umnachtung in verschiedenen Nervenheilanstalten.

Hermann Lingg

**1820 Lindau, Bodensee, † 1905 München.*
⚰ München, Alter Nördlicher Friedhof

Nach einem Medizinstudium, u.a. in München, Freiburg und Prag, wurde Lingg Militärarzt in der bayerischen Armee. Nachdem er wegen Depressionen aus dem Dienst ausgeschieden war, lebte er, unterstützt durch die Schiller-Stiftung und Zuwendungen des bayerischen Königs Maximilian II., als freier Schriftsteller. Seine historischen Balladen, die von einer national-konservativen Grundhaltung und vaterländischem Pathos geprägt waren, fanden in der Zeit nach der Reichsgründung großen Anklang beim Publikum, mit seinen Erzählungen und Dramen hatte er dagegen keinen Erfolg.

Friedrich von Matthisson

** 1761 Hohendodeleben bei Magdeburg, † 1831 Wörlitz.*
⚱ *Wörlitz, Friedhof*

Matthisson studierte Theologie und Philosophie in Halle und wurde später Lehrer am Dessauer Philantropin sowie Hauslehrer in der Schweiz und in Frankreich. Am Hofe der Fürstin von Anhalt-Dessau und des Herzogs Friedrich II. von Württemberg diente er als Vorleser, Bibliothekar und in der Theaterintendanz. Seine an Klopstock und am Natürlichkeitsideal der Empfindsamkeit orientierten Gedichte waren bei seinen Zeitgenossen ebenso beliebt wie seine poetischen Reiseschilderungen.

Eduard Friederich Mörike

** 1804 Ludwigsburg, † 1875 Stuttgart.* ⚱ *Stuttgart, Pragfriedhof*

Am Tübinger Stift studierte der Sohn eines Arztes Theologie, anschließend war er Vikar in verschiedenen schwäbischen Gemeinden, bis er 1834 schließlich eine Pfarrstelle in Cleversulzbach erhielt. 1843 verließ er den kirchlichen Dienst aus Gesundheitsgründen, später war er noch als Lehrer in Stuttgart tätig. Literaturhistorisch steht sein Werk zwischen Romantik, Biedermeier und Realismus. Zu seinen bekanntesten Arbeiten zählen der Roman *Maler Nolten* (1832) und die Novelle *Mozart auf der Reise nach Prag* (1856), berühmt ist er aber vor allem für seine volksliedhafte Lyrik.

Christian Otto Josef Wolfgang Morgenstern
** 1871 München, † 1914 Meran.*
⚱ Dornach bei Basel, Goetheanum
Morgenstern stammte aus einer Familie bildender Künstler. In Breslau begann er ein Studium der Nationalökonomie, das er jedoch ebenso wie das der Archäologie und Kunstgeschichte nicht abschloss. Ab 1894 war er in Berlin als Journalist, Verlagslektor und Literaturübersetzer (insbes. Strindbergs, Ibsens und Hamsuns) tätig. Durch seine *Galgenlieder* (1905) etablierte er sich in der Kabarett- und Kleinkunstszene, seine Gedichte voller grotesker Wortkomik gelten als Vorläufer von Dadaismus und konkreter Poesie. Später schloss Morgenstern sich Rudolf Steiner und der anthroposophischen Bewegung an, diese ehrte ihn nach seinem Tod durch die Aufstellung der Urne mit seiner Asche in ihrem Zentrum, dem Goetheanum in Dornach.

Friedrich Wilhelm Nietzsche
** 1844 Röcken, Sachsen, † 1900 Weimar. ⚱ Röcken, Kirchhof*
Der Pfarrerssohn studierte in Bonn und Leipzig klassische Philologie und Theologie. Bereits mit fünfundzwanzig Jahren wurde er in Basel Professor für Altphilologie. 1879 gab er sein Lehramt aus Krankheitsgründen auf und lebte als freier Schriftsteller vorwiegend in Italien. Mit seinem Hauptwerk *Also sprach Zarathustra* (1883–1885) und Schriften wie *Die fröhliche Wissenschaft* (1882) oder *Jenseits von Gut und Böse* (1886) wurde der radikale Kritiker konventioneller Religion und Moral zu einem der bedeutendsten und einflussreichsten Philosophen der Moderne. 1889 erlitt Nietzsche in Turin einen psychischen Zusammenbruch, nach Klinikaufenthalten in Basel und Jena verbrachte er seine letzten

Lebensjahre in zunehmender geistiger Umnachtung bei seiner Mutter in Naumburg und seiner Schwester in Weimar.

August von Platen

(eigentl. Karl August Georg Maximilian Graf von Platen-Hallermünde)

**1796 Ansbach, † 1835 Syrakus, Sizilien.*

⚱ Syrakus, Park der Villa Landolina

Der Sohn einer verarmten Adelsfamilie besuchte die Münchener Kadettenanstalt und nahm 1814/15 am Frankreichfeldzug teil. Nach einem philologischen Studium in Würzburg und Erlangen erhielt er eine Anstellung an der Erlanger Bibliothek. Ab 1826 lebte er in Italien, abgesichert u. a. durch ein Gehalt des bayerischen Königs Ludwig I. und die Unterstützung seines Verlegers Cotta. Zeit seines Lebens litt Platen unter der Ausgrenzung wegen seiner Homosexualität. Sein Werk umfasst neben Komödien und Literatursatiren vor allem Lyrik, die sich auf antikisierende und orientalische Formen konzentriert.

Friedrich Schiller

**1759 Marbach/Neckar, † 1805 Weimar.*

⚱ Weimar, Historischer Friedhof, Fürstengruft

Eigentlich hatte der junge Schiller Geistlicher werden wollen, aber auf Befehl des Herzogs musste er eine Militärakademie besuchen, die bei Stuttgart gelegene Karlsschule. Dort studierte er Medizin und wurde nach dem Examen (1779) Regimentsarzt. Sein Drama *Die Räuber* war ein Akt der Rebellion. Die Uraufführung 1782 in Mannheim zog einen beispiellosen, tumultartigen Triumph nach sich – und eine Verurteilung zu Schreibverbot und

Arrest, dem Schiller sich durch Flucht entzog. Er wurde Theaterdichter in Mannheim, und seine Laufbahn als der bis heute wohl meistgespielte deutsche Bühnenautor begann (*Kabale und Liebe*, 1784; *Don Karlos*, 1787; *Maria Stuart*, 1800; *Die Jungfrau von Orleans*, 1801; *Wallenstein*, 1796–1799). 1787 siedelte er nach Weimar über, 1789 erhielt er eine Geschichtsprofessur in Jena, und seine bedeutendsten historischen Werke (u. a. die *Geschichte des Dreißigjährigen Kriegs*, 1790–1793) entstanden. 1799 zog er wieder nach Weimar, das durch ihn und Goethe zum geistigen Zentrum der Epoche wurde.

Moritz Graf von Strachwitz

** 1822 Frankenstein (heute: Ząbkowice Śląskie), Schlesien,*
† 1847 Wien, ⚱ Frankenstein, Schloss Peterwitz, Familiengruft

Der Spross eines schlesischen Adelsgeschlechtes absolvierte in Breslau und Berlin ein Jurastudium, arbeitete aber nur kurz bei Gericht, bevor er sich als Privatier ganz seiner Schriftstellertätigkeit widmete. In Berlin gehörte er zu der illustren literarischen Gesellschaft »Tunnel über der Spree« (wie Fontane, Geibel, Storm u. a.). Er schrieb ausschließlich Lyrik; sehr populär wurden vor allem seine handlungsreichen Balladen (vertont von Schumann, Brahms u. a.), die an schottische und nordische Heldenepik anknüpften. Während eines Italienaufenthaltes erkrankte er und verstarb auf der Rückreise in die Heimat, noch vor Vollendung seines 25. Lebensjahres.

Johann Ludwig Uhland

**1787 Tübingen, † 1862 Tübingen, ⚰ Tübingen, Stadtfriedhof*

Der bedeutendste Dichter der schwäbischen Romantik erhielt während des Jurastudiums in seiner Heimatstadt bereits die wichtigsten Impulse für sein Schaffen: Die Beschäftigung mit Volkslied und -sage prägte seine historischen Trauerspiele ebenso wie seine Wanderlieder und vor allem seine ungemein populären Balladen (»Des Sängers Fluch«, »Der gute Kamerad«). Neben der Arbeit als Advokat war der nationalliberal gesinnte Uhland lange Jahre als Politiker tätig (u. a. 1848/49 als Abgeordneter der Frankfurter Nationalversammlung). Abgesehen von einigen kurzen kreativen Phasen gab er seine literarische Tätigkeit ab 1820 weitgehend auf und lebte als Privatgelehrter. Seine wissenschaftlichen Arbeiten zu Minnesang, Heldenepik u. a. machten ihn zu einem Pionier der Germanistik und Romanistik.

Alexander Christian Friedrich Graf von Württemberg

**1801 Kopenhagen, † 1844 Wildbad. ⚰ Stuttgart, Stiftskirche*

Der Sohn des Herzogs Wilhelm von Württemberg und Neffe von König Friedrich I. von Württemberg war Berufsoffizier, sein literarisches Werk umfasst hauptsächlich Lyrik. Seine Sommerresidenz Schloss Serach bei Esslingen war der Treffpunkt des Seracher Dichterkreises, dem u. a. Justinus Kerner, Ludwig Uhland und Gustav Schwab angehörten.

Joseph Christian Freiherr von Zedlitz

**1790 Schloss Johannisberg, Schlesien, † 1862 Wien.*

⚰ Wien, Matzleinsdorfer Friedhof

Nach einer Offizierslaufbahn in der österreichischen Armee war Zedlitz, der während seiner Schulzeit in Breslau mit Joseph von Eichendorff befreundet war, in hohen Ämtern des diplomatischen Dienstes, des Kriegsministeriums und der Staatskanzlei der österreichischen Monarchie tätig. Er verfasste politische Flugschriften und Korrespondenzartikel, die stets auf der Linie des Staatskanzlers Metternich lagen. Sein literarisches Werk umfasst Gedichte, historische Balladen und Tragödien. Sein Poem »Segen Östreichs hohem Sohne, / Unserm Kaiser Ferdinand« war von 1836 bis 1854 die österreichische Nationalhymne.

Nachwort

Makaber oder kurios, düster oder ironisch, moralisierend oder poetisch – die Schauerballade hat viele Facetten, und Klassiker wie Goethe, Heine, Fontane haben ebenso lustvoll über Gespenster, Untote und Friedhöfe gedichtet wie mancher literarische »Geheimtipp«. Bei kaum einem anderen Genre sind die Grenzen zwischen »hoher« Dichtkunst und literarischem »Trash« so fließend wie bei der Schauerballade. In dem Bemühen, ihr Publikum das Fürchten zu lehren, schrecken selbst die großen »Dichterfürsten« vor grober Effekthascherei nicht zurück, während manchem literarischen »Kleinmeister« poetische Kabinettstückchen gelingen. Zeitlos populär ist die Schauerballade auch deswegen, weil sie ihre Stoffe aus den unterschiedlichsten Quellen und Zeiten schöpft, aus dem Volksglauben und Sagenschatz wie aus lokalgeschichtlichen Überlieferungen und Legenden. Zudem gestattet sie es den Dichtern, raffiniert mit Klischees und den typischen atmosphärischen Versatzstücken wie Nebelschwaden, Friedhofsdüften, Spukschlössern und ähnlichen zu spielen und den dunklen Seiten ihrer Phantasie freien Lauf zu lassen.

Als das »Ur-Ei« aller Dichtung hat Goethe die Ballade einmal bezeichnet, denn sie bediene sich »aller drei Grundarten der Poesie« zugleich: Das Epische, das Dramatische und das Lyrische seien bei ihr »noch nicht getrennt«, sondern als Einheit vorhanden. Goethes berühmte Definition erklärt vielleicht den eigentümlichen Reiz, den diese Gattung auch heute noch ausübt, bei aller vordergründigen Antiquiertheit: Sie ist uns fremd und doch (ur-) vertraut zugleich.

Ein ganz ähnliches Wechselverhältnis von Fremdheit und Vertrautheit finden wir auch beim Phänomen des Schauerlichen. Sigmund Freud hat es in seinem Essay »Das Unheimliche« als »jene Art des Schreckhaften« bezeichnet, »welche auf das Altbekannte, Längstvertraute zurückgeht«. Denn das Unheimliche sei ursprünglich das Heimatlich-Vertraute (»Heimliche«), das uns durch Verdrängung fremd, also »un-heimlich« geworden sei. Vielleicht liegt es an dieser untergründigen Gemeinsamkeit, dass sich die Ballade besonders gut für die künstlerische Darstellung des Unheimlichen eignet und dass die gelungensten Balladen oft gerade Schauerballaden sind. Das »Ur-Ei« der Dichtung handelt denn auch beinahe zwangsläufig von den elementaren Dingen, die uns unheimlich erscheinen, wie dem Tod und den Naturgewalten, dem Unerklärlichen und vor allem von den Nachtseiten der menschlichen Seele, von Wahnsinn, unterdrückten Mord- und Rachegelüsten oder heimlicher Todessehnsucht, sodass die Schauerballade gewissermaßen die ursprünglichste aller Balladenformen ist.

Die lebendige Verbindung »aller drei Grundarten der Poesie«, die Goethe als charakteristisch für die Ballade ansieht, ist in jedem Fall eine Ursache des Vergnügens, das sie auch heutigen Lesern bereitet und das offenbar auch die Dichter selbst immer wieder erfasst und beflügelt hat. Das episch-erzählerische Element zeigt sich in der Handlung, die in den Balladen entfaltet wird, das dramatische in ihrer spannungsreichen Zuspitzung von Konflikten und Situationen sowie in der häufigen Verwendung von wörtlicher Rede und Dialogen zwischen den handelnden Personen. Das lyrische Element manifestiert sich dagegen vor allem in der Form: in der gebundenen Sprache, Gedichtstrophen, Reimen und refrainartigen Wiederholungen.

Die meist recht streng durchgehaltene, mitunter virtuos gehandhabte Form, die Kunstfertigkeit und Künstlichkeit signalisiert, ist ein Element der Distanzierung von der rohen Ursprünglichkeit der Stoffe dieser Schauerballaden und trägt maßgeblich zu unserem ästhetischen Genuss am grauenhaften Geschehen bei. »Die Ballade hat etwas Mysterioses, ohne mystisch zu sein«, sagt Goethe, und für die Schauerballade gilt das besonders: Geheimnisvoll, dunkel, unheimlich sind die Geschehnisse, die Personen oder die Orte, die sie schildert, aber ihre Sprache ist nicht mystisch-nebulös, sondern stets klar, schlicht und verständlich. Und durch diese Distanzierung, durch das Aufscheinen der Differenz zwischen eleganter Form und grausigem Stoff, die dem Dichter wie dem Leser stets bewusst ist, schleicht sich in viele Schauerballaden mitunter auch ein Moment der Ironie und der Selbstironie hinein, ein komischer Unernst, der in manchen (modernen) Fällen dann bis ins Parodistische gesteigert wird.

Als »Ur-Ei« der Poesie erinnert die Ballade auch stets an das ursprünglichste Medium der Dichtung, die gesprochene Sprache, und an ihre ursprünglichste Funktion, nämlich kulturelle Gemeinschaft herzustellen, so wie in früheren Zeiten die vom Geschichtenerzähler oder fahrenden Sänger am nächtlichen Lagerfeuer vorgetragenen schaurig-schönen Gedichte die Zuhörer enger zusammenrücken ließen. Diesen Effekt haben Schauerballaden heute wie damals, und fast alle der hier versammelten Texte reizen denn auch naturgemäß dazu, laut vorgetragen zu werden, um das gruselige Vergnügen zu teilen.

Christian Liedtke

Zum Herausgeber

Christian Liedtke, geboren 1964 in Hamburg, studierte Germanistik und Philosophie in Hamburg, Cincinatti (USA) und Bonn. Er ist wissenschaftlicher Mitarbeiter am Heinrich-Heine-Institut, Düsseldorf, Autor einer Heine-Biographie (erschienen 1997) und mitverantwortlich für die neue Internet-Edition »Heinrich-Heine-Portal«. Bei Hoffmann und Campe erschienen die von ihm herausgegebenen Bände:

Heinrich Heine »... und grüßen Sie mir die Welt«. Ein Leben in Briefen (mit Bernd Füllner, 2005)

Heinrich Heine im Porträt. Wie die Künstler seiner Zeit ihn sahen (2006)

Der Weg von ihrem Herzen bis zu ihrer Tasche ist sehr weit. Aus dem Briefwechsel zwischen Heinrich Heine und seinem Verleger Julius Campe (mit Gerhard Höhn, 2007)

Heinrich Heine, Die Harzreise (2008)